유머테크

지혜의 샘 시리즈 ⓭

유머테크

개정판 1쇄 발행 | 2024년 03월 31일
개정판 2쇄 발행 | 2024년 04월 30일

엮은이 | 유머동호회

발행인 | 김선희 · 대 표 | 김종대
펴낸곳 | 도서출판 매월당
책임편집 | 박옥훈 · 디자인 | 윤정선 · 마케터 | 양진철 · 김용준

등록번호 | 388-2006-000018호
등록일 | 2005년 4월 7일
주소 | 경기도 부천시 소사구 중동로 71번길 39, 109동 1601호
        (송내동, 뉴서울아파트)
전화 | 032-666-1130 · 팩스 | 032-215-1130

ISBN 979-11-7029-245-6 (00810)

지혜의 샘 시리즈 ⑬

유머
테크

유머동호회 엮음

매월당
MAEWOLDANG

웃음이 그리워질 때가 있습니다.
그럴 때, 짜증만 내지 말고 웃을 거리를 찾아보십시오.

이 책을 엮은 유머동호회는 바랍니다.
유머로 가득 찬, 웃음으로 가득 찬 세상을……

썰렁한 유머는 이제 그만!
웃기지 않는 유머는 이제 그만!
아무런 감동도 주지 못하는 유머는 이제 그만!

유머를 알면 인간 관계가 보입니다.

가슴을 활짝 열고 유머 속으로 들어가십시오.

유머테크

제3장
정말 웃기지?

제4장
너무 웃어서 눈물이 났어

유머테크

제1장

내가 웃기는
얘기해 줄게

착각 속의 한국 정치

닫힌우리당의 착각
부자들을 못살게 굴면 중산층 이하가 다 자기들 편이
되는 줄 안다.

딴나라당의 착각
잘한 짓이 단 하나라도 있어서 (선거에) 이긴 줄 안다.

미주노동당의 착각
극단적인 구호만 외치면 서민들이 자기들 편이 되는
줄 안다.

미주당의 착각
지역 정서에만 호소하면 자기들도 번듯한 정당(수권
능력 있는 정당)으로 봐줄 줄 안다.

국회중심당의 착각
지역 정서만 자극하면 대전 충청 민심이 거저 얻어지는 줄 안다.

모든 정당의 공통적인 착각
아직도 국민들이 바보인 줄 안다.

국민들의 착각
언젠가는 정치인들이 착각에서 깨어날 줄 안다.

늙은이의 후회

1. 좀 더 참을걸.

2. 좀 더 베풀걸.

3. 좀 더 즐길걸.

유머테크

얄미운 남자

50대 : 사업한다고 대출받는 남자.

60대 : 이민간다고 영어 배우는 남자.

70대 : 골프 안 맞는다고 레슨 받는 남자.

80대 : 거시기 안 된다고 비아그라 먹는 남자.

90대 : 여기저기 아프다고 종합검진 받는 남자.

건강이 제일

1. 똑똑한 여자는 예쁜 여자를 못당하고 ,

2. 예쁜 여자는 시집 잘간 여자를 못당하고,

3. 시집 잘간 여자도 자식 잘둔 여자를 못당하고,

4. 자식 잘둔 여자도 건강한 여자한테는 못당하고,

5. 아무리 건강한 여자도 세월 앞에 못당한다.

저승사자가 부르면

회갑(回甲, 61) : 지금 안 계시다고 여쭈어라.

고희(古稀, 70) : 아직 이르다고 여쭈어라.

희수(喜壽, 77) : 지금부터 노락(老樂)을 즐긴다고 여쭈
어라.

산수(傘壽, 80) : 아직 쓸모가 있다고 여쭈어라.

미수(米壽, 88) : 쌀밥을 더 먹고 가겠다고 여쭈어라.

졸수(卒壽, 90) : 서둘지 않아도 된다고 여쭈어라.

백수(白壽, 99) : 때를 봐서 스스로 가겠다고 여쭈어라.

신세대 속담

1. 예술은 지루하고 : 인생은 아쉽다.

2. 버스 지나가면 : 택시 타고 가라.

3. 길고 짧은 것은 : 대봐도 모른다.

4. 젊어서 고생 : 늙어서 신경통이다.

5. 호랑이한테 물려가도 : 죽지만 않으면 산다.

6. 윗물이 맑으면 : 세수하기 좋다.

7. 고생 끝에 : 병이 든다.

8. 아는 길은 : 곧장 가라.

9. 못 올라갈 나무는 : 사다리 놓고 올라라.

10. 서당개 삼 년이면 : 보신탕 감이다.

이러면 안 되지

정치하는 : 병신

경제하는 : 등신

외교하는 : 귀신

돈에는 : 걸신

거짓말에는 : 귀신

친구는 : 배신

이북에는 : 맹신

유머테크

나이별 상품

10대는 : 신상품

20대는 : 명품

30대는 : 정품(인기)

40대는 : 기획상품(10% 할인)

50대는 : 반액 세일

60대는 : 창고 방출

70대는 : 분리수거

80대는 : 폐기처분

90대는 : 소각처리(죄송, 농담)

키스에 대한 명언

◇ 아인슈타인
  키스하는 사람의 시계는 안 하는 사람의 시계보다
  훨씬 빠르다.

◇ 뉴턴(관성의 법칙)
  키스했던 사람은 계속 하려고 한다.

◇ 도미노 현상
  옆자리의 사람이 키스하면 나도 하고 싶어진다.

◇ 한국인
  사촌이 키스를 하면 배가 아프다.

◇ 공자
  아침에 일어나 키스하면 저녁에 죽어도 좋다.

◇ 도플러

키스는 벼락처럼 다가와 안개처럼 사라진다.

◇ 다윈

뽀뽀가 진화하면 키스가 된다.

◇ 안중근

하루라도 키스를 안 하면 입 안에 가시가 돋는다.

◇ 이순신

내가 키스한 사실을 우리 마누라에게 알리지 말라!

미친 여자 시리즈

10억도 없으면서 : 강남 사는 여자

20억도 없으면서 : 자식 유학보내는 여자

30억이나 있으면서 : 손자 봐주는 여자

40억도 없으면서 : [사]字 사위 본다는 여자

50억도 없으면서 : 상속해 줄 걱정하는 여자

60억이나 가지고 : 60살도 안 되어서 죽는 여자

1억도 없으면서 : 위의 여섯 여자 흉보는 여자
　　　　　　　　(으뜸 미친 여자)

　　　　　　　　　　　　　　　　　유머테크

어느 신혼부부

남편은 회사에서 재미있는 얘기를 듣고 집에 왔는데, 바로 '티코에서 뜨거운 사랑을 한다를 여섯 자로 줄이면?' 이라는 문제였다.

답은?

'작은 차, 큰 기쁨' 이었다.

새신랑은 퇴근하자마자 아내에게 자랑삼아 문제를 냈다.

"여보, 티코에서 뜨거운 사랑을 하는 걸 여섯 자로 줄이면 뭐게?"

아내는 한참을 생각한 뒤 말했다.

"좁은데 욕봤다."

야심한 밤엔 참아줘요

늦은 밤, 아파트 경비실에 전화가 울렸다.

"아저씨! 지금 윗층에서 세탁기로 빨래 돌리고 있는데 시끄러워 잠을 잘 수가 없으니 꺼달라고 하세요!"라고 인터폰을 받은 경비 아저씨. 한참 자다가 일어나서 정신을 차리지 못한 경비 아저씨가 그만 인터폰을 잘못 눌러 전 아파트 알림 방송으로 말하길,

"으흠, 흠!(기침을 하고서는) 에~ 에~~ 지금 빨고 계시는 분이나 돌리고 계시는 분은 당장 그만해 주세요. 흠흠~~!"

며느리의 갈등

어느 날 시어머니가 납치를 당했다.

얼마 후 며느리가 납치범들로부터 협박편지를 받았는데 거기엔 이렇게 적혀 있었다.

"몸값을 빨리 보내라! 시키는 대로 하지 않으면 즉시 시어머니를 돌려보내겠다!"

불~러 줄까?

몹시 추운 어느 겨울날, 순진한 청년이 여인숙에 묵게 되었다. 총각이 옷을 벗고 조용히 누워 있는데 주인 할머니가 노크를 하고는,

"총각! 불~러~~줄까?"

총각은 고개를 설레설레 저으며,

"아니에요, 전 그런 사람 아닙니다!"

얼마 후, 할머니가 다시 들어와 또 물었다.

"총각! 불~러~~줄게~."

총각은 대뜸 신경질을 내며 말했다.

"저는 그런 사람 아니라니까요!!"

다음 날 아침, 총각은 그 방에서 얼어 죽었다.

현장 조사를 나온 경찰이 할머니에게 전날 밤 진상에 대해서 물었다.

그러자 할머니가 대답했다.

"아니~ 참, 요상하네요. 나가 불 넣어준다구 허니께 총각이 자꾸 싫다구 허더란 말이여~."

머리가 아주 좋은 남자

한 남자가 사랑하는 여자에게 결혼하자고 말하자 여자가 말했다.

"저는 용기도 있고 머리도 좋은 남자와 결혼하고 싶어요."

"지난번 호수에서 보트가 뒤집혔을 때 제가 당신을 구했잖아요? 그걸로 제가 용기가 있다는 건 충분히 증명되지 않았나요?"

그러자 여자가 말했다.

"그건 됐어요. 하지만 머리가 좋아야 한다는 조건이 남았어요."

그러자 남자가 씨~익 웃으며 말했다.

"그건 염려하지 마세요. 그 보트를 뒤집은 게 바로 저거든요."

여자가 화장을 할 때

10대가 화장을 하면 … 꼴값

20대가 화장을 하면 … 화장

30대가 화장을 하면 … 분장

40대가 화장을 하면 … 변장

50대가 화장을 하면 … 위장

60대가 화장을 하면 … 포장

70대가 화장을 하면 … 환장

억수로 운없는 사내

어느 남자가 술집에서 술을 한 잔 따라놓고 하염없이 생각에 잠겨 있었다. 술잔은 비워지지를 않고 시간만 흘러가고……

이런 모습을 본 옆자리 아저씨, 장난삼아 술을 홀랑 마셔버렸다.

그러자 이 남자 하염없이 눈물을 흘리는 것이 아닌가.

이 아저씨 너무나 미안해서 어쩔 줄 모르며 '당신이 하도 하염없이 앉아 있길래 장난삼아 마셨는데 용서하라.' 고 말하자 이 남자 하는 말,

"난 오늘 너무 어이없는 일들을 많이 겪었소. 회사에 출근하자마자 잘리고 택시를 타고 내리면서 지갑을 두고 내렸는데 집에 들어가 보니 마누라는 다른 남자랑 놀아나고 있었소. 너무 화가 나서 이 술집에 와서 술에다 약을 타서 마시고 죽으려 했는데 그것마저 당신이 마셔버렸구려……."

꼬마의 대답

툭하면 큰 소리로 야단을 일삼는 무서운 선생님이 어느 날 꼬마에게 질문을 했다.

"지구가 둥글다는데 그걸 어떻게 알 수 있지? 어디 말해 봐!"

그러자 그 꼬마는 덜덜 떨면서 대답했다.

"아닙니다, 선생님. 저 그런 소리 한 적이 없어요!"

친구와 애인 사이

데이트 후
애인 : 택시에서 내려 집까지 바래다준다.
친구 : "벌써 다 왔냐? 나도 너처럼 가까운 데서 좀 살
　　　아봤으면 좋겠다!"

슬픈 영화를 보며 눈물을 흘릴 때
애인 : 자신의 두 손으로 여자의 눈물을 닦아주며 말
　　　없이 어깨를 다독거려준다.
친구 : "넌 눈물 짤 때가 그렇게도 없냐?"

진한 빨간색 립스틱을 발랐을 때
애인 : "너 오늘 너무 세련돼 보인다~!"
친구 : "너! 쥐잡아 먹었지!?"

첫 키스 전
애인 : "너의 체온을 느끼고 싶어."

　　　　　　　　　　　　　　　　　유머테크

친구 : "나 오늘 양치질 안 했거든. 이해할 수 있지?"

식당에서
애인 : "오늘따라 많이 먹네? 뭐 스트레스 쌓이는 거 있어?"
친구 : "야! 야! 그만 좀 처먹어라! 나도 좀 먹자."

전철 안에서 졸 때
애인 : "피곤하지? 내 어깨에 기대고 눈 좀 붙여!"
친구 : "대가리 좀 치워라! 어깨에 피 안 통한다."

생일날
애인 : "스물두 개의 촛불처럼 널 영원히 사랑으로 태울 거야."
친구 : "아까운 케이크에 촛농 떨어지잖아! 빨리 꺼!"

제대할 때
애인 : "기다려줘서 고마워, 사랑해!"
친구 : "너 아직도 솔로냐? 불쌍하다, 쯧쯧쯧!"

70대 동창회

70대 할머니들의 초등학교 동창회가 있었다. 모처럼 모여 식사를 하고 나서 한 할머니가 말했다.

"얘들아, 우리 모였으니 교가나 부르자."

하고 제안했다. 그러자 모두 놀라 할머니를 주시했다.

'아니 여지껏 교가를 안 잊고 있었단 말야~?'

"우린 모두 잊어 아는 사람 없는데…… 그럼 네가 한 번 불러봐라."

하고 권했다. 그러자 할머니가 의기양양하게 일어나 부르기 시작했다.

동해물과 백두산이
마르고 닳도록~
하느님이 보우하사
우리나라 만세~~~!

그러자 할머니들이 하나같이 박수를 치며 말했다.

"얘는 학교 다닐 때에 공부도 잘하더니 기억력도 참 놀랍네."

칭찬을 받은 할머니, 집에 돌아와 의기양양하게 할아버지에게 오늘 있었던 일을 말했다.

"내가 혼자 독창했다!"

이 소리에 할아버지도 깜짝 놀랐다.

"아니 여지껏 교가를 안 잊었단 말야~~~. 어찌 불렀는지 다시 한 번 해봐요."

그러자 할머니는 또 벌떡 일어나 아까와 같이 신이 나서 불렀다.

그러자 할아버지 왈,

"어, 이상하네!! 우리 학교 교가와 비슷하네~~!"

커플이 부러워

커플 : 늘 커플링을 낀다.
솔로 : 늘 트레이닝복이 엉덩이 사이에 낀다.

커플 : 삐삐, 전화, 핸드폰… 서로 연락하기 바쁘다.
솔로 : 그런 것들 시계로 쓴다.

커플 : 핸드폰에 스티커 사진이 붙어 있다.
솔로 : 핸드폰에 퀄컴 스티커만 붙어 있다.

커플 : 주말, 명절… 등 둘이 같이 보낸다.
솔로 : TV랑 보낸다.

커플 : 극장 프로를 다 외운다.
솔로 : TV 프로를 다 외운다.

커플 : 비디오 보다가 야한 장면이 나오면 기억하고
　　　 있다가 실습한다.

솔로 : 몇 번이고 다시 돌려본다.

커플 : 상대방을 위해 늘 깨끗이 씻는다.

솔로 : 언제 머릴 감았는지 기억을 못 한다.

커플 : 낭만파가 되어간다.

솔로 : 인상파가 되어간다.

커플 : 전화로 밤을 샌다.

솔로 : 컴퓨터 오락으로 밤을 샌다.

커플 : 서로에게 삐삐, 핸드폰으로 연락을 한다.

솔로 : 가끔씩 자기꺼 되는지 한 번씩 쳐본다.

커플 : 시간이 잘 간다… 밤이 짧다.

솔로 : 그 시간에 허벅지를 찌른다.

커플 : 내일을 기약하며 잠이 든다.

솔로 : 늘 잔다. 지치면 일어난다.

커플 : 뭘 해줄까 고민한다.

솔로 : 뭘 먹을까 고민한다.

커플 : 결혼 계획을 세운다.

솔로 : 식단 계획 외에는 계획이란 걸 모른다.

커플 : 만난 지 며칠이 됐는지 계산한다.

솔로 : 천장에 같은 무늬가 몇 갠지 계산한다.

커플 : 모두 함께하는 단란한 분위기를 좋아한다.

솔로 : 술이 흥건해지면 단란주점을 간다.

커플 : 러브샷을 주로 한다.

솔로 : 원샷을 주로 한다.

커플 : 상대방이 뭐하고 있을까 항상 궁금하다.

유머테크

솔로 : 난 뭐하는 놈인가 궁금하다.

커플 : 사고 치면 아기가 생긴다.
솔로 : 사고 치면 전과가 생긴다.

커플 : 야한 여자가 지나가면 재빨리 흘깃 봐야 한다.
솔로 : 멀리서부터 째려보고 지나가면 뒤돌아본다.

커플 : 주위의 부러움을 산다.
솔로 : 주위의 호기심을 산다.

커플 : 밝은 미래가 보인다.
솔로 : 당장 내일도 암담하다.

커플 : 깨지지 않는 한 영원하다.
솔로 : 꼬시지 않는 한 영원하다.

할머니의 엽기행각

날마다 부부 싸움을 하며 사는 할머니와 할아버지가 계셨다.

할아버지와 할머니의 부부 싸움은 굉장했다.

손에 잡히는 것이면 무엇이든지 날아가고 언쟁은 늘 높았다.

어느 날 할아버지 왈,

"내가 죽으면 관 뚜껑을 열고 흙을 파고 나와서 엄청나게 할마이를 괴롭힐 거야, 각오해!"

그러던 어느 날 할아버지는 돌아가셨다.

장사를 지내고 돌아온 할머니는 동네 사람들을 모두 불러 잔치를 베풀고 신나게 놀았다.

그것을 지켜보던 옆집 아주머니가 할머니에게 걱정이 되는 듯 물었다.

아주머니 왈,

"할머니 걱정이 안 되세요? 할아버지가 관뚜껑을 열고 흙을 파고 와서 괴롭힌다고 하셨잖아요?"

그 말을 들은 할머니가 웃으며 던진 말?

"그럴 줄 알고 내가 관을 거꾸로 묻었거든. 아마 지금쯤 땅 밑으로 계속 파고 있을 거야…… 히히히!"

엄마의 건망증

1. 전화받다 엄마가 태워먹은 수많은 냄비들… 또
   전화가 온다.
엄마는 실컷 수다를 떤다. 그 순간 아차차…….
"애, 잠깐만 기다려, 가스불 끄고 올게."
엄마는 자신의 영민함에 뿌듯해 하며 가스불을 끈다.
그리고 나서 아까 하던 김장 30포기를 마저 한다.
엄마는 그렇게 또 한 명의 친구를 간단히 잃어버렸다.

2. 선생님 면담 때문에 나선 엄마. 근데 왜 동생 학
   교는 찾아가고 난리람…….
들고온 춘지는 동생 선생님에게 뺏기고, 겨우 찾아온
우리 학교…… 근데 왜 엄마는 2학년 3반을 찾고 난리
람. 난 3학년 3반인데 말이다.
그날 결국 담임을 못 만난 엄마 왈,
"너, 엄마 몰래 언제 전학 갔어?"

3. 은행에 간 엄마, 오늘은 거의 완벽하다.

통장과 도장도 가지고 왔고 공과금 고지서도 가지고 왔다. 이젠 누나에게 송금만 하면 오래간만에 정말 아무 일 없이(?) 은행에서 볼 일을 마치게 된다.

은행원 앞에서 자랑스러운 얼굴로 서 있는 엄마.

은행원도 놀라는 듯한 얼굴이었다.

"송금하시게요? 잘 쓰셨네요. 아! 전화번호를 안 쓰셨네요. 집 전화번호를 써야죠."

엄마는 그날 결국 송금을 못하고 말았다.

4. 부창부수인지 아버지도 만만찮다.

출근하느라 정신없는 아버지. 서류 가방 들랴, 차 키 챙기랴, 머리 염색약 뿌리랴 한바탕 전쟁을 치른 뒤 무사히 출근에 성공한다.

한참을 운전하던 아버지, 뭔가를 빠뜨린 것 같아 핸드폰을 꺼내 집으로 전화를 한다. 근데 이상하게 통화가 안 된다. 아버지는 다시 걸어보지만 여전히 통화가 되질 않는다. 그날 엄마와 난 하루 종일 없어진 TV 리모컨을 찾아 헤매야 했다……

5. 간만에 동창회에 나서는 엄마. 화려하게 차려입느라 난리다.

저번에 동창생들의 휘황찬란한 옷차림에 기가 죽은 기억 때문에 엄마는 반지 하나에도 신경을 쓴다. 반지 하나 고르는데 2시간 걸렸다. 엄마 반지는 딱 2개 뿐인데……. 모든 걸 완벽하게 치장한 엄마.

이번엔 정말 엄마가 스포트라이트를 받는다.

모든 동창들의 시샘의 눈길에 뿌듯해 하는 엄마!

엄마는 우아하게 인사를 한다.

"얘드아!(얘들아) 오데간마니다.(오래간만이다.)"

다른 치장에 너무나 신경을 쓴 나머지 엄마는 틀니를 깜빡 잊었던 것이다. 그 후로 엄마는 동창들과 연락을 끊고 산다.

6. 엄마가 오랜만에 미장원에 갔다. 주인이 반긴다.

"정말 오래간만이네. 그동안 안녕하셨어요?"

"네, 덕분에. 오늘 중요한 일이 있으니까 머리 손질 좀 빨리 해주시겠어요? 시간이 없으니까, 30분 안에는 완성해 주세요."

유머테크

"30분 안에요? 네, 알겠어요."

한참 손질하던 주인 왈,

"이왕 오신 거 머리를 마는 게 어때요? 훨씬 보기 좋을 텐데."

훨씬 보기 좋다는 소리에 솔깃한 엄마.

"그럼 어디 간만에 파마나 해볼까?"

그렇게 엄마는 머리를 말았다. 꼭 3시간 걸렸다.

머리를 만 채 뿌듯한 마음으로 집으로 온 엄마.

집안의 공기가 썰렁했다.

그 후 엄마는 누나의 결혼식을 비디오로 봐야 했다……. ㅋㅋㅋ!

이 사람의 이름은?

이탈리아에서 가장 마른 사람은? 말라깨니아

미국에서 가장 많이 먹는 사람은? 다 글거머거

미국에서 잘나가는 거지 소녀는? 더달란 마리아

미국에서 잘나가는 여자 강도는? 다내노란 마리아

일본에서 가장 방귀를 잘 뀌는 아가씨의 이름은?
아까끼고 또끼고

일본에서 가장 날씬한 사람은? 비사이로 막가

일본에서 가장 마음이 약한 자매 이름은?
우짜꼬, 우야꼬

유머테크

일본에서 50년대 유명한 흉악법 이름은?
도끼로이마까

일본에서 60년대 유명한 흉악법 이름은?
깐이마또까

일본에서 70년대 유명한 흉악법 이름은?
아문이마마구까

일본에서 80년대 유명한 흉악법 이름은?
안깐이마골라까

일본에서 90년대 유명한 흉악법 이름은?
바케쓰로피바다

때리기를 잘하기로 소문난 깡패는? 펠레

세계 최고의 바람둥이는? 섹스피어

일본에서 낚시를 제일 잘하는 사람은? 다나까

일본 수도국장 이름은? 무라까와 쓰지마

일본 최고의 구두쇠는? 도나까와 쓰지마

일본의 째째한 구두쇠 이름은? 겐자히 아끼네

유머테크

밤이 무섭다

난 어느 날부턴가 밤이 무섭고 두려워지기 시작했다.

특별히 몸에 이상이 있는 것도 아닌데 밤이 무섭고 겁이 난다.

수많은 밤을 세노라면…… 저 많은 밤을 언제 지세나.

정말이지 정신이 어지럽고 까맣게 많은 밤을 하얗게 잊었을 때엔 다시 밤을 세야 한다는 강박감에 더욱 무섭다.

솔직히 손대기도 겁이 난다. 보듬으려는 나의 손을 찌를 때엔 내가 이걸 왜 하나 하는 마음이 들기도 한다. 하지만 오늘부터는 마음을 고쳐먹고 그앨 찜해야겠다.

한꺼풀~ 한꺼풀~ 벗겨진 후의 그의 속살은 달콤하니까~!!!

"자자~ 밤따러 갑시다."

엉덩이 나라

엉덩이 나라에서 사는 용은? 똥꾸~ 뇽

엉덩이 나라에서 사는 새는? 똥냄~ 새

엉덩이 나라에서 사는 뱀은? 설사

엉덩이 나라의 왕비 이름은? 변비

엉덩이 나라의 충신 이름은? 회충, 요충, 십이지장충

엉덩이 나라의 중국집 이름은? 몽고반점

엉덩이 나라의 고유 전통 음료 이름은? 갈아만든 똥

엉덩이 나라의 일류학교는? 똥통대학교

유머테크

엉덩이 나라의 개이름은? 똥개

엉덩이 나라의 개가 짖는 소리는? 똥꾸 멍! 똥꾸 멍!

엉덩이 나라에서 사는 고양이가 우는 소리는?
똥구뇨오옹~ 똥꾸뇨오옹~

엉덩이 나라에서 사는 쥐이름은?
뿌지쥐, 똥누쥐, 똥싸쥐, 뭉개쥐

엉덩이 나라에 흐르는 냇물은? 똥구린내, 똥지린내

엉덩이 나라의 냇물이 모여서 흐르는 강은? 요강

엉덩이 나라의 검은 망토와 가면을 쓴 정의의 사나이
는? 쾌변조로

엉덩이 나라의 건강 호흡법은? 변기신공

조개 이야기

조개껍데기가 단단한 것은
야무진 마음가짐으로 세상을 살라는 것이고
조개가 평소에 입을 벌리는 것은
열린 마음가짐으로 세상을 보라는 것이다.

조개가 혀를 내미는 것은
세상의 쓴맛과 단맛을 골고루 보면서 살라는 것이고
조개가 남자 앞에서 살포시 입을 다무는 것은
남자 앞에서는 항상 조심하여야 한다는 것이고
조개가 남자를 만난 후에 입을 벌리는 것은
남자의 의사를 존중할 줄도 알아야 한다는 것이다.

조개 주위에 털이 많은 것은
세상사에서 걸러낼 것이 너무 많다는 것이고
조개 밑에 방울이 없는 이유는

친구 앞에서도 말을 가려서 해야 한다는 것이다.

조개의 신축력이 좋은 것은
어떠한 세파에도 유연하게 대처해야 한다는 것이고
조개가 꼼지락거리는 것은
일이 성사된 후에도 미련을 가지기 때문인 것이다.

조개가 뜨거워지는 건
세상은 열정을 가지고 살아야 한다는 것이고
조개가 붉어지는 건
너무 열정이 넘쳐 있다는 것이다.

조개가 어느 순간 부풀어오르는 것은
사랑하는 이를 만나면 망설이지 말라는 것이고
조개가 오므라들어 입을 다무는 것은
지나친 욕심을 자제할 줄도 알아야 한다는 것이다.

조개가 어릴 때 껍데기가 얇은 것은
세상에 일찍 피어나면 다치기 쉽다는 것이고

조개가 자라서 두꺼운 껍데기를 가지는 것은
세상에 자신을 드러내도 지킬 능력이 있다는 것이다.

죽은 조개가 불에 익어도 입을 앙다무는 것은
세상에 대해 마지막까지 자존심을 지키라는 것이다.
살아 있었던 조개가 불에 익어 입을 벌리는 것은
세상에 대하여 추호의 부끄럼도 없다는 것이다!

지렁이의 비애

　지렁이가 63빌딩을 1층당 1년씩 63년 동안 올라갔다. 옥상에 도착해서 너무 기쁜 나머지 침을 퉤~! 하고 뱉었는데 그만, 밑에 지나가던 굼벵이 머리에 맞고 말았다. 굼벵이는 기분이 상해서 63빌딩 옥상을 보면서 외쳤다.

　"야! 너 당장 내려와!"

　그래서 지렁이는 63년 동안 내려갔다.
　1층에 도착해서 굼벵이를 만났더니 굼벵이가 하는 말…….

　"너 옥상으로 따라와!"

모자란 놈과 미친놈의 차이

맹구가 정신병원 앞을 지날 때 자동차 타이어가 펑크가 났다. 그 바람에 바퀴를 지탱해 주던 볼트가 풀어져 하수도 속으로 빠졌다. 맹구는 속수무책으로 어찌할 바를 몰라 발만 동동 구르고 있었다.

그때 정신병원 담장 너머로 이 광경을 지켜보던 환자 한 명이 말했다.

"여보세요! 그렇게 서 있지만 말고 남은 세 바퀴에서 볼트 하나씩 빼서 펑크난 바퀴에 끼우고 카센터로 가세요."

맹구는 정말 '굿 아이디어' 라고 생각하고 말했다.

"고맙습니다. 정말 고맙습니다. 그런데 당신 같은 분이 왜 정신병원에 있죠?"

그러자 그 환자가 대답을 했다.

"나는 미쳤기 땜에 여기 온 거지 너처럼 모자라서 온 게 아냐 임마~!"

어머니의 독설

도예가가 실패한 도자기를 가차없이 깨버리는 모습을 TV로 보면서,

"부럽네, 실패작을 저렇게 간단하게 처분할 수 있다니……!"

그렇게 말하면서 내 얼굴을 살짝 보는 어머니.

어느 금슬 좋은 부부

어느 금슬 좋은 부부가 살고 있었다. 부인은 늘 자기만 사랑하고, 다른 여자에게 눈길을 안 주는 그런 신랑을 무척 자랑스러워했다. 그런데 그런 신랑이 어느 날 갑자기 교통사고로 죽은 게 아닌가.

"아이고~~ 나 혼자 어찌 살라고 혼자만 가는 거요. 난 못살아 나도 따라갈 거야."

며칠을 슬퍼하며 생각하다가 신랑을 따라가기로 마음먹고 저승으로 신랑을 찾아 나섰다.

거기는 방이 세 개가 있었다. 결혼 후, 단 한 번도 바람 안 피우고 오로지 부인과 가정을 위해 살아온 사람은 장미방, 바람은 가끔 피웠지만 별 사고는 안 치며 산 사람은 백합방, 부인 몰래 바람 많이 피우고 여자들만 보면 사족을 못 쓰는 사람은 안개방.

부인은 당연히 장미방에 있겠지 하고 문을 열었다.

"어라~ 여긴 한 명도 없네. 이상하다…… 그럼 백합

방에?"

그런데 그 방엔 딱 세 명만 있었다. 신랑은 그 방에도 안 보이는 게 아닌가!

"어찌된 걸까. 혹시 안 죽은 거 아녀……?"

마지막으로 살며시 부인 몰래 바람 많이 피우고 여자들만 보면 사족을 못 쓰는 사람만 있다는 안개방을 빼꼼히 열어보았다.

세상에…! 남자들이 바글바글 수두룩 있는 한가운데에 신랑이 있는 것이 아닌가! 어찌 이럴 수가……

신랑은 '군기'라는 완장을 찬 반장이었다.

나쁜 쇄리……

못 믿을 것들……

위트가 넘치는 여대생

학교 도서관에서 공부하고 있을 때였다. 도서관 입구에서 한 여학생이 내 쪽으로 살금살금 걸어오고 있는 것이 아닌가? 마치 고양이가 쥐를 낚아채려는 듯한 조심스런 걸음걸이로 말이다.

'저 여자가 왜 그러지?'

난 괜한 착각을 하고 있었다. 그 여자는 내가 아니라 내 옆자리에 앉은 사람에게로 발길을 향하고 있었던 것이다. '음… 둘이 커플인가 보군.'

난 마음을 비우고 다시 책을 펴들었다. 그런데 둘이 장난을… 아니 사랑 싸움을 하는 것이 아닌가. 그 여자가 갑자기 뒤에서 남자의 두 눈을 손으로 가리며,

"누구게???"

그 남자는 갑작스런 기습에 당황한 듯한 말투로……,

"누구시죠?"

다시 그 여자 왈,

"아 왜 그래? 장난치지 말구."

난 속으로 '얼씨구!! 잘~~~들 논다!!'

그 남자는 다시 말했다.

"음… 목소리가… 혹시… 저… 정희니?"

그 여자는,

"야! 내 목소리도 못 알아듣니? 정희? 피이."

그 남자는 진짜 당황한 말투로,

"정말 누구야?"

그 여자는 이때쯤 손을 풀어놓을 줄 알았다.

그런데 계속 그 상태로 이 한 마디를 하는 것이었다.

"이 자리 주인!"

놀람과 황당함이 곧 폭소로 바뀌는 순간!!! 나를 포함한 근처의 모든 사람은 터져나오는 웃음을 참지 못하였다. 남의 자리에서 공부하던 그 메뚜기는 얼굴이 홍당무가 되어 짐을 부랴부랴 챙기고 줄행랑을 쳤다.

물론 그 대단한 여학생은 손을 탁탁 털더니 그 자리에 앉아 유유히 공부를 했다.

테트리스하던 묘령의 여인

24살의 학교 선배가 있다. 이 선배는 테트리스광 중에 광이다. 초등학교 때부터 동네 오락실을 섭렵하며 기록 올리기에 열중했다. 그러던 이 선배, 요즘은 한x임 테트리스에 빠져 있었다.

때는 바야흐로 2007년 7월 22일 화요일 AM 11시경! 이 선배는 또 테트리스 삼매경에 빠져 방 하나를 만들고 사람이 오기를 기다렸다. 드디어 사람이 들어왔다. 아이디도 예뻤다. '**kissing.' 그 여자 상냥하기도 하지…… 먼저,

"안녕하세요~!"

선배, 이때부터 뭔가 심상치 않은 감정이 생겼다.

"예, 안녕하세요."

둘은 간단한 인사와 함께 1:1 게임을 시작하였다. 여자가 계속 졌다. 선배는 여자에게 작업을 시도했다.

"같은 팀으로 할까요??"

여자는 흔쾌히 받아들였다. 둘은 척척 맞는 궁합으로 게임은 계속 이겼고, 은근슬쩍 말도 놓았다.

여자 : "오빠~ 아휴 손 아프다. 좀 쉬었다가 하장~."

선배 : "웅^^~ 니가 쉬자면야~ ㅋㅋ!"

선배 : "우리 너무 잘 맞는 거 아냐? 계속 이기잖아!"

여자 : "다 오빠가 잘 해서 그러지 모~."

이들은 이런 닭살스러운 대화를 나누며 시간은 1시를 향해가고 있었다. 한참 게임을 하던 여자.

여자 : "오빠~ 나 이만 가봐야겠다. 게임 즐거웠어~."

선배 : "왜? 더 하지 그래~."

여자에 목이 마른 전역한 24살의 남자 선배. 웬만큼 작업이 성공했다고 생각했었는데……. 여자를 잡으려 했다. 연락처를 물어보려 했다.

선배 : "조금만 더 해라~ 웅? 더 해~!"

하지만 여자의 다음 말은 정말 충격이었다.

"구몬선생님 올 시간이야."

그 묘령의 여자는…… 초등학교 5학년이었다.

어느 20대 여자의 다이어트

20대 여자가 살을 빼기 위해 포도 다이어트를 시작했다. 포도만 먹고 밥은 안 먹던 여자는 5일째 되던 날 그만 의식을 잃고 쓰러졌다. 너무 놀란 가족들은 급히 여자를 업고 병원에 입원시켰다.

엄마 : "저… 의사 선생님, 영양실조인가요?"

그러자 의사가 어두운 표정으로 말했다.

"……농약 중독입니다."

신혼이 그리워

1

신혼 시절엔 와이프가 설거지하고 있을 때 뒤에서 꼭 껴안아주면 가만히 있었습니다. 그러다가 설거지 중에 뽀뽀도 하고…… 그랬습니다.

지금은 설거지할 때 뒤에서 껴안으면 바로 설거지 구정물 얼굴에 튕깁니다.

2

신혼 시절엔 월급날이 되면 정말 반찬이 달랐습니다. 반찬이 아니라 요리였습니다.

지금은 월급날 '쥐꼬리 같은 돈으로 사네, 못 사네.' 하면서 바가지 긁히며 쪼그려앉아 밥먹습니다.

3

신혼 땐 충무로에서 영화 보고 수유리까지 걸어오며

절반 거리는 업고 오기도 했습니다.

엊그제 '자, 업혀봐.' 하며 등 내밀었더니 냅다 등을
걷어차였습니다. 엎어져서 코 깨졌습니다.

4

신혼 땐 집에서 밤샘 작업한다치면 같이 잠 안 자며
야식도 해주고 했습니다.

지금 집에서 밤샘 작업하다가 밥을 차려 먹을라치면
스윽 나와서는 '부스럭거리는 소리 시끄럽다.' 며 조용
하라고 협박하고 재떨이도 날아옵니다.

5

신혼 때는 다시 태어나도 나랑 결혼한다 했습니다.

지금은 당장이라도 찢어지고 싶답니다.(자식 때문에
참는답니다.)

6

신혼 땐 기상 시간이 늦는 나를 깨울 땐 녹즙이나 맛
있는 반찬을 입에 물려주며 깨우곤 했습니다.

지금은 일어나 보면 혼자 싹 밥먹고는 동네 아줌마들한테 마실 나가고 식은밥 한 덩이 흔적도 없습니다.

7

신혼 땐 생일 선물 꼬박꼬박 챙겨받았습니다.(슈퍼겜보이, 슈퍼컴보이, 네오CD, 새턴, 플스, 컴퓨터.)

지금은 내 생일이 언젠지도 모르겠습니다.

8

내가 이렇게 글쓰게 된 결정적인 일!

밤에 아들은 잠들고 나는 누워서 책을 보고 있었습니다. 와이프가 내 옆에 있는 리모컨 달라고 하길래 '뽀뽀해 주면 주지~.' 라고 말했다가 리모컨으로 입술 무지 아프게 맞았습니다. 뽀뽀해 달라고 한 게 그렇게 큰 죄인지 진짜 몰랐습니다. 아직도 입술이 얼얼합니다.

제2장

웃음 보따리를
풀어봐!

내가 웃기는 얘기해 줄게

코끼리와 개미의 사랑

코끼리와 개미가 사랑을 했대요. 이상스럽게 쳐다보는 주위의 시선에도 불구하고 둘이는 꿈 같은 열애 끝에 결혼을 했답니다. 가정을 꾸리고 행복한 나날을 보내던 어느 날, 어찌할꼬! 남편 코끼리가 교통사고로 그만 세상을 뜨고 말았답니다!

남편 코끼리의 장례식이 있던 날 운구 행렬을 뒤따르던 개미는 그만 땅바닥에 주저앉아 통곡하더래요. 앞서 가던 동생 개미, 말도 안 되는 결혼을 극구 반대했었고 자신의 말을 안 듣고 일찍 과부가 돼버린 언니 개미가 너무 미워서 얼굴조차 보기 싫었어요. 그래도 애처롭게 울고 있는 언니가 불쌍해 보이고 한편으론 미안한 마음도 생겨서 울고 있는 언니를 달래주려고 뒤돌아갔는데 땅을 치며 통곡하는 언니의 울음소리!

"아이고, 흑흑흑!!! 언제 다 묻나? 언제 다 묻나!!!"

말과 어느 목사님

옛날에 한 목사님이 있었는데 그 목사님이 선물로 말을 받았습니다. 그 말은 '할렐루야!'라고 말하면 달리고 '아멘!' 하면 멈추는 말이었습니다.

그 목사님이 말을 선물로 받아서 너무 기쁜 나머지 말을 타고 '할렐루야!' 하고 외쳤습니다. 그러자 그 말이 죽도록 달렸습니다. 그리고 말은 절벽 끝으로 갔습니다. 그래서 목사님은 예수님께 하직 기도를 하고 '아멘!' 이라고 말했습니다.

절벽 끝에 가까스로 멈춰선 말을 보고 또 너무 기뻐서 '할렐루야!' 라고 외친 목사님!

이제 그 뒤에 이야기는 알겠죠???

간호사와 야한 환자

양쪽 눈을 다친 한 남자가 병원에서 무사히 눈 수술을 받았는데, 며칠 후 간호사가 감은 붕대를 풀면서 물었다.

간호사 : "보여요?"

환자 : (힘없는 목소리로) "안 보입니다."

이에 간호사는 자신의 상의를 벗고는 다시 물었다.

"이젠, 보이지요?"

"아~뇨, 전혀 보이지 않습니다."

이상한 생각이 들어 이번엔 브래지어를 벗고 다시 물었다.

"지금은 보이나요?"

"아니오, 안 보입니다."

수술이 완벽하게 됐는데도 안 보인다는 환자의 대꾸에 화가 난 간호사는 스커트를 살짝 걷어올려 '노팬티'를 환자에게 보여주면서 물어봤다.

"이래도 안 보여요?"

"예, 아무것도……."

그러자 머리끝까지 화가 난 간호사는 다짜고짜 환자의 거시기를 후려차며,

"야 임마! 지금 너~ 거시기가 그렇게 꼿꼿이 섰는데도 안 보인단 말야!!"

벌거벗은 아내

아내가 막 샤워를 끝내고 샤워장에 들어갔을 때 초인종이 울렸다. 잠시 누가 가서 문을 열어줄 것인지 옥신각신하다가 아내가 포기하고는 급히 수건을 몸에 두르고 아래층으로 내려갔다. 문을 열자 옆집 사람인 뻔이가 있었다. 여자가 뭐라 하기도 전에 뻔이가 말했다.

"20만원을 줄 테니 수건을 풀어보세요."

잠깐 생각을 하더니 여자는 수건을 풀고 뻔이에게 알몸을 보여주었다. 잠깐 뒤에 뻔이는 여자에게 20만원을 건네고는 돌아갔다. 어리둥절하지만 여자는 일단 횡재한 것에 기뻐하며 다시 수건을 걸치고 2층으로 올라갔다. 욕실에 돌아가니 남편이 샤워장 안에서 물었다.

"누구였지?"

아내 : "옆집 사는 뻔이요."

남편 : "오 잘됐군. 나한테 빌린 20만원에 대해 아무 말도 없었어?"

술 마시고 가는 곳

여1 : "요즘 니 남편은 어떻게 지내시냐?"

여2 : "글쎄, 술 마시고 매일 싸구려 극장에 가나 봐."

여1 : "싸구려 극장?"

여2 : "응, 술을 마신 뒤엔 항상 '필름이 끊겼다.'고 하거든."

경상도 말의 놀라운 압축률

경상도 말의 압축 능력은 알집(Alzip)의 압축률도 따라올 수 없다. ( )는 압축비.

고등학교 수학 선생님 : 고다꼬 쏵쌤 (9:5)

저것은 무엇입니까? : 저기 뭐꼬? (2:1)

할아버지 오셨습니까? : 할뱅교? (3:1)

저기 있는 저 아이는 누구입니까? : 쟈는 누고?
(13:4)

네가 그렇게 말을 하니까 내가 그러는 거지, 네가 안
그러는데 내가 왜 그러겠니? : 니카이 그카제, 내카이
그카나? (31:12)

어, 이 일을 어떻게 하면 좋아? : 우야노! (11:3)

어쭈, 이것 봐라! : 이기요! (2:1)

너 정말 나한테 이럴 수 있니?! : 팍! (11:1)

왜 그러시는데요? : 와요? (7:2)

야, 그러지 좀 마! : 쫌! (6:1)

이 물건 당신 건가요? : 니끼가? (8:3)

네, 그건 제 물건입니다. : 인 도! (9:2)

어디에 숨기셨나요? : 우쨌노? (7:3)

그때 그 사람이 누구인지 당신은 알고 있죠? : 갸가 가가? (17:4)

불륜 현장의 파출부

남편이 직장에서 집으로 전화를 걸었다.

부인이 받지 않고 다른 여자가 받는다.

"저는 파출붑니다. 누구 바꿔드릴까요?"

남편 : "주인 아줌마 좀 바꿔 주세요."

파출부 : "주인 아줌마는 남편하고 침실로 가셨어요. 남편과 한숨 잔다고 침실에는 들어오지 말라고 했는데 잠시만 기다려보세요."

남편 : (피가 머리 꼭대기까지 솟구친다.) "잠시만, 남편이라고 했나요?"

파출부 : "예, 야근하고 지금 오셨다고 하던데……."

남편 : (잠시 생각하더니 마음을 가다듬고) "아주머니, 제가 진짜 남편입니다. 그동안 이상하다 했더니… 아주머니, 간통 현장을 잡아야겠는데 좀 도와주세요. 제가 사례는 하겠습니다."

파출부 : "아니, 이런 일에 말려들기 싫어요."

남편 : "이백만원 드릴 테니 좀 도와주세요. 한창 바쁠 때 몽둥이를 하나 들고 몰래 가 뒤통수를 사정없이 내리쳐서 기절시키세요. 만약에 마누라가 발악하면 마누라도 때려 뉘세요. 뒷일은 내가 책임지겠어요. 성공만 하면 이백 아니 오백만원 드리겠습니다. 제발⋯⋯."

파출부는 잠시 생각하더니 한 번 해보겠다고 했고 잠시 후, 퍽 으악 끼악 퍽 하는 소리가 나더니 숨을 가쁘게 몰아쉬면서 파출부가 다시 수화기를 들었다.

파출부 : "시키는 대로 했어요. 둘 다 기절했어요. 이젠 어떻게 하죠?"

남편 : "잘했어요. 내가 갈 때까지 두 사람을 묶어두세요. 거실 오른쪽에 다용도실이 보이죠? 그 안에 끈이 있어요. 빨리 하세요, 깨기 전에."

파출부 : (주위를 한참 둘러보더니) "다용도실이 없는데요?"

남편 : (잠시 침묵이 흐른 후) '거기 5***-xx56 아닌가요?

파출부 : -.-;;;

폭탄아 터져라

남자 3명이 술을 마시다가 여자 3명과 부킹이 됐는데, 2명은 엄청난 미인이고 1명은 엄청난 폭탄이더래. 서로 짝을 하고 나니 남자A는 폭탄녀와 짝이 됐대.

이 A는 친구들 다 술 마시고 춤출 때, 술 마시고, 여자 보고, 한숨 쉬고, 술 마시고, 여자 보고, 한숨 쉬기를 반복했대. 그리고 눈을 떴는데 자기 자취방이더래. 그래서 옆에 친구를 깨워서 막 물어봤대.

"야! 나 실수하지 않았냐?"

그러자 친구가 하는 말,

"너, 그 여자 책임져야 해. 모든 사람들… 다들… 어제 충격받았어……'

남자는 가슴이 내려앉았대.

'아… 내가 실수했구나… 정말 실수했구나……'

그러자 친구 한 명이 부시시 일어나더니 그러더래.

"너… 큰일이다. 어제 그 여자 머리를 손으로 뱅뱅 꼬면서……."

　"꼬…면서??"

　"술에 취한 풀린 눈으로……."

　"눈으로??"

　"주머니에서……."

　"주머니…에서????"

　"라이터를 꺼내더니… 불을 켜고… 머리에 불을 붙이더니……."

　"허걱걱!!!"

　"이렇게 말했어……."

　"뭐…라고??"

　"폭탄아 터져라…!!!"

여자가 바람 피우고 싶을 때

1. 처음 만났을 때는 배에 왕(王)자가 새겨져 있었는데 지금은 그 배가 남산만해졌을 때.

2. 처음 만났을 때는 원빈 같았는데 갈수록 조춘을 닮아갈 때.

3. 술을 시원하게 잘 마셔서 좋았는데 알코올 중독에 빠져 폐인이 되었을 때.

4. 키가 커서 멋있었는데 싱거운 놈일 때.

5. 덩치 커서 정력이 센 줄 알았는데 조루일 때.

6. 조루라도 치료하면 된다고 생각했는데 게이일 때.

7. 처음에는 3시간도 기다리더니 1분 늦었다고 두들 겨팰 때.

8. 내 모든 것이 좋다고 해놓고 내 늘어진 살들을 대 놓고 공격할 때.

9. 처음에는 내 얼굴과 나의 몸매만 쳐다보더니 다른 여자들 흘끔흘끔 쳐다볼 때.

10. 내 남자친구와는 비교도 안 되게 잘생긴 남자가 대시할 때.

11. 맥주 마시고 트림하구 오바이트할 때.

12. 드라마 보다가 송혜교나 심은하가 더 좋다고 난 리칠 때.

13. 가슴 작다고 은근히 돌려서 이야기할 때.

웃음이 있는 날

F15보다 성능은 약하지만 날아다니는 파리까지 쏘아 떨어뜨릴 수 있는 정확성을 자랑하는 우리나라의 무기는 과연 무엇일까? F킬라

울산의 어느 여고에서 체육 시간에 피구를 하다 여학생 한 명이 죽었다. 왜 죽었을까? 금 밟아서

'눈과 구름을 자르는 칼' 을 세 글자로 하면? 설운도

'특공대' 란 특별히 공부도 못 하면서 대가리만 큰 아이를 말한다고 한다. 그렇다면 '돌격대' 란 무엇의 준말일까? 돌도 격파할 수 있는 대가리

성숙한 여인들이 한 달에 한 번씩 치르는 행사는?
반상회

고양이 가면을 쓰고 놀 때는 '야옹' 하고 소리를 내고, 강아지 가면을 쓰고 놀 때는 '멍멍' 하고 소리를 낸다. 그렇다면 오징어 가면을 쓸 때는 무슨 소리를 내고 놀까? 함 사세요!

돈을 받은 만큼 몸을 허락하는 것은? 공중전화

여름을 가장 시원하게 보내는 사람은? 바람난 사람

의사와 엿장수가 좋아하는 사람은? 병든 사람

현대판 빈부 차는? 맨손이냐, 맨션이냐

포경수술의 순 우리말은? 아주까리

전축을 틀면 흘러나오는 소리는? 판소리

정말 눈코 뜰 새 없이 바쁠 때는? 머리 감을 때

물고기의 반대말은? 불고기

노처녀와 노총각이 결혼 못 하는 이유는? 동성동본

만두장수가 제일 듣기 싫어하는 소리는? 속 터진다

우리나라에서 가장 오래된 공중변소는? 전봇대

씨암탉의 천적은? 사위

짱구와 오징어의 차이는?
오징어는 말려도 짱구는 못 말림

술 취한 남편이 현관에서 마누라를 부르는 이유?
안방을 찾아가려고

유머테크

한 명은 나가주세요!

어느 회사 사장이 지방에 출장을 갔다가 급행열차 침대칸표를 끊어 열차에 올랐다.

지정된 열차의 침대칸 커튼을 젖히자 침대 밑에서 예쁜 아가씨 둘이 숨어 있다가 놀라서 나오는 것이었다.

아가씨들은 사장에게 애교를 떨며 사정했다.

"저… 선생님, 부탁인데요. 우리들을 서울까지만 몰래 숨겨주세요. 표를 끊지 않았거든요."

그 말을 들은 사장은 이렇게 말했다.

"난 사회적인 지위와 명예를 중요시 여기는 사람이며 가정이 있는 몸이므로 세인들의 입방아에 오르내리는 것은 싫어요. 그러니 한 명은 나가주세요!"

목사와 운전기사

　총알택시 운전사와 목사가 같은 날 같은 시각에 죽었
다. 운전사는 곧바로 천국으로 보내지고 목사는 저승에
서 대기 중이었다.

　목사는 어째서 택시 운전사는 천국으로 보내고, 성직
자였던 자기는 대기 중이냐고 투덜거렸다. 그러자 하느
님이 대답하기를,

　"목사, 그대가 설교할 때 신도들은 모두 졸고 있었도
다. 그렇지만 총알택시 운전자가 차를 몰 때는 모두들
기도를 드렸느니라."

유형별 퇴근 인사

이승복형 : 나는 야근이 싫어요!

나폴레옹형 : 내 사전에 야근은 없다.

갈릴레이형 : 그래도 나는 퇴근한다.

김구형 : 나의 첫 번째 소원도 퇴근이요, 두 번째 소원
도 퇴근이며, 세 번째 소원도 퇴근이다.

이순신형 : 내가 퇴근했음을 아무에게도 알리지 말라!

노태우형 : 이 사람 지금 퇴근합니다.

웃긴 이야기

우리나라 축구선수들이 탄 비행기가 하늘 높이 날아가고 있었다. 그런데 갑자기 비행기가 추락하려고 했다. 그때 산신령이 나타나서 말했다.

"내가 너희들을 살려줄 테니 너희들이 낳는 아기의 이름을 '사' 라고 지어라."

축구선수들은 당연히 살고 싶어서,

"네, 산신령님!"

이라고 했다. 그러자 신기하게 비행기가 다시 정상적인 리듬을 찾았다. 그래서 모두 죽지 않고 돌아왔는데, 얼마 후 이천수가 결혼을 했다. 그리고 아들을 낳는데 아들 이름을 이똘똘이라고 했다. 그러자 산신령이 나타나 아들을 죽이고 사라졌다. 이천수는 이 일을 모든 축구선수들에게 말했다.

축구선수들은 겁이 나서 아들 이름을 모두 '사' 라고 지었다. 그러던 어느 날 축구선수들은 한자리에 모여서 불평을 하기 시작했다.

안정환 "에휴, 안사가 뭐야 안사가~~."

홍명보 "쳇 그나마 낫네. 내 아들 이름은 홍사(뱀 이름). 우리 아들이 뱀띠인데."

이천수 "나보단 나아. 내 아들 이름은 이사야, 우리 아들이 이사를 가나?"

황선홍 "이런… 내 아들 이름은 황사야. 우리 아들이 중국에서 날라온 모래바람이냐?"

차두리 "쳇 내 아들 이름은 차사야. 아들 이름을 이렇게 지어서 얼마나 혼났는데……"

그때 뒤쪽에서 쾅! 소리가 났다. 모두들 뒤를 보니 설기현이 땅을 치며 울고 있었다.
설기현에 비해… 다른 사람들은… 약과였다.

서양에서 가장 웃긴 유머 1위

유명한 명탐정 셜록 홈즈가 비서 왓슨과 함께 소풍을 가서 텐트를 치고 자고 있었다. 그런데 한밤중에 자고 있던 셜록 홈즈가 왓슨을 깨워 질문을 했다.

"자네, 저 별을 보고 무슨 추리를 할 수 있는지 내게 말해 보게."

왓슨이 대답하기를,

"수백만 개의 별이 보이는군. 저 수백만 개의 별 중에서 몇 개라도 행성을 가지고 있다면, 지구와 같은 행성이 있을 가능성이 높은 것이고, 지구와 같은 행성이 다만 몇 개라도 있다면, 그건 다시 말해서 저 외계에 생명체가 있을 수 있다는 뜻이지."

라고 하자 홈즈가 말했다.

"이 멍청아! 별이 보인다는 것은 누가 우리 텐트를 훔쳐갔다는 말이잖아!"

서양에서 웃긴 유머 2위

셜록 홈즈와 왓슨이 캠핑을 하게 되었다. 텐트 안에서 자던 중 홈즈가 왓슨을 갑자기 깨웠다. 눈을 뜬 왓슨은 홈즈가 가리키는 방향을 보니 수많은 별이 빛나는 밤하늘이 보였다.

"왓슨! 저 하늘의 별들을 보게나. 저것을 보면서 우리는 무엇을 추리할 수 있지?"

왓슨은 홈즈가 준 숙제를 자신의 지식을 총동원하여 풀기 시작했다.

"글쎄 미학적으로는 셀 수 없을 만큼의 아름다움이 이 세상에 있다는 것을 알 수 있네. 그리고 철학적으로는 인간의 하찮음을…… 점성학적으로는…… 천문학적으로는 황도가 기점이라는 것 등을 추리할 수 있겠지."

"허, 다 틀렸네 이 사람아! 지금 보이는 저 별들은 우리가 텐트가 없어진 채 뚫린 천장을 보며 자고 있었다는 걸 증명하는 거야!"

유머의 테크닉

작은 고추는 맵지만 수입 고추는 더 맵다.

버스 지나간 뒤 손 들면 백미러로 보고 서더라.

젊어서 고생 늙어서 신경통이다.

호랑이한테 물려가도 죽지만 않으면 산다.

윗물이 맑으면 세수하기 좋다.

아는 길은 곧장 가라.

서당개 삼 년이면 보신탕감이다.

분식집 개 삼 년이면 라면 끓인다.

빈 가방이 요란하다.

담임한테 뺨 맞고 매점 아줌마한테 화풀이한다.

샤프심 도둑이 참고서 도둑된다.

일등도 꼴찌부터!

우리나라 대학 분류법

우리나라의 대학교는 다음의 4가지로 분류된다.

서울대 : 서울에 있는 대학.

서울약대 : 서울에서 약간 먼 대학.

서울법대 : 서울에서 제법 먼 대학.

서울상대 : 서울에서 상당히 먼 대학.

유머테크

하루 건너 한 번

영구가 미국 여행을 가게 되었다. 입국 서류를 작성하는데 name, address까지는 어렵지 않게 적었다.

그런데 느닷없이 sex를 쓰라는 칸이 있지 않은가. 영구는 달아오르는 얼굴을 식히며 옆사람이 적는 것을 힐끔 훔쳐봤다. 한국인처럼 보이는 그 남자의 서류에는 매일(male)이라고 써 있었다.

별로 어렵지 않다고 생각한 영구는 자신감이 생겼다. 그리고 자신있게 적었다.

'Haru-Gun-Neo(하루 건너)!'

처음 뵙겠습니다

결혼 20년 만에 최신 레이저 개안수술을 받고 눈을 뜨게 된 한 맹인이 있었다.

생전 처음 자신의 눈으로 세상을 보게 된 맹인의 기쁨은 이루 말할 수 없었다. 막 붕대를 풀고 일어서려는데 옆에 웬 중년여자의 모습이 시야에 들어왔다. 이제까지 자신을 헌신적으로 돌봐준 아내였다.

남편은 아내의 손을 붙잡고 눈물을 글썽이더니 이렇게 말하는 것이었다.

"처음 뵙겠습니다. 말씀은 많이 들었습니다."

유머테크

넌 지우개냐?

어느 날 때가 무지하게 많은 소년이 목욕탕에 와 때 밀이를 불러서 때를 밀었다.

때가 어찌나 많은지 어느덧 1시간이 지났다.

"아저씨 죄송해요."

"괜찮다."

다시 1시간이 지나고……

"정말 죄송해요."

"괜찮대두."

또다시 1시간이 지났다.

"괜찮으세요?"

거의 탈진 상태에 이른 때밀이 아저씨가 소년에게 하는 말,

"넌 지우개냐?"

커닝의 6가지 덕목

커닝에도 6가지 덕목 즉, '인, 의, 예, 지, 신, 용'이 있다.

첫째 인이란, 공부를 잘 못하는 동료를 위해 아는 것이 있으면 보여주는 어진 마음을 갖는다. 즉 어질 인이란 덕목을 가져야 한다.

둘째 의란, 커닝을 같이 하다 들켜도 절대 공범자(친구)를 불지 않고 자기가 혼자 뒤집어쓰는 의를 닦는다.

셋째 예란, 절대 보여준 친구보다 점수를 더 맞지 않는 예의를 지켜야 하며 그것을 지키기 위해 보여준 친구보다 먼저 나간다.

넷째 지란, 평상시 감독들의 습성을 파악하고 과목마다 누가 잘하며, 누가 잘 보여주는지를 파악하는 '지'의 덕을 기른다.

다섯째 신이란, 넘어온 커닝 페이퍼의 내용이 상당히 의심이 가도 넘겨준 친구를 꾹 믿고 베끼는 마음을 길

러야 한다.

여섯째 용이란, 감독이 아무리 삼엄해도 용감히 커닝을 하는 용기를 기른다.

흑인의 비애

한 흑인이 하느님에게 물었다.

"하느님, 왜 저에게 검은 피부를 주셨나요?"

하느님이 대답했다.

"그야 아프리카 정글에서 밤 사냥을 나설 때 어두운 밤에 잘 어울리게 하고, 또 아프리카의 뜨거운 햇볕으로부터 자네를 보호해 주기 위해서지."

"하느님! 그럼 제 머리는 왜 이렇게 곱슬곱슬하죠?"

"그건 자네가 정글 속을 뛰어다닐 때 머리가 헝클어지거나 덤불에 걸리는 일이 없도록 하기 위해서이지!"

그러자 그 흑인이 고개를 갸우뚱거리며 물었다.

"근데 하느님! 왜 저는 이 시카고에서 태어난 거죠???"

뱃사공과 철학자

어느 철학자가 나룻배를 탔다. 그가 뱃사공에게 철학을 배웠냐고 물었다. 그러자 뱃사공이 고개를 저었다.

"한심한 사람이군. 자넨 인생의 3분의 1을 헛살았구먼. 그렇다면 자넨 문학에 대해서는 공부를 했나?"

역시 뱃사공이 배우지 않았다고 하자, 철학자는 다시 뱃사공에게 인생의 3분의 2를 헛산 것이라고 말했다.

강의 절반쯤을 건너갈 무렵, 갑자기 배에 물이 차면서 가라앉기 시작했다. 이번에는 뱃사공이 그 철학자에게 수영을 배웠냐고 물었다. 철학자는 수영을 못 배웠다고 말했다.

이에 뱃사공은 다음과 같이 말했다.

"선생님은 인생 전체를 헛살았군요."

부자와 빈자의 차이

부자는 지갑에 [회원권]을 넣고 다니고, 빈자는 [회수권]을 넣고 다닌다.

부자는 [사우나]에 가서 땀을 빼고, 빈자는 [사우디]에 가서 땀을 뺀다.

부자는 주로 [맨션]에서 살고, 빈자는 주로 [맨손]으로 산다.

부자는 매일 [쇠고기] 반찬을 먹고, 빈자는 거의 [쇠고기]라면으로 때운다.

부자는 영양 과다로 [헬스] 클럽에 다니고, 빈자는 영양 부족으로 [핼쑥]한 얼굴로 다닌다.

부자는 [개소주]를 마시고, 빈자는 [깡소주]를 마신다.

화장실 낙서

신은 죽었다 : 니체

너는 죽었다 : 신

너희 둘 다 죽었다 : 청소부 아줌마

춘향전 중에서

이도령이 성춘향을 으슥한 곳으로 데리고 갔다.
그리고 손을 잡았다.
그러자 성춘향이 하는 말,
"창피해요, 창피해요."
그러나 우리의 남아 이도령은 신경 쓰지 않고 계속 손을 잡고 있었다.
그러자, 이도령은 날아오는 창에 등을 맞아 죽었다.

지구본 이야기

어느 중학교에 장학사가 시찰을 나와 지구본을 만지고 있는 중학생에게 물었다.

장학사 : "이 지구본이 왜 기울어져 있지?"

중학생 : "제가 안 그랬는데요!"

기가 막힌 장학사가 담임을 쳐다봤다.

담임 : (당황해 하며) "그거 사올 때부터 그런 것 같은데요."

그러자 옆에 있던 교장선생님이 말했다.

교장 : "국산이 다 그렇죠, 뭐!"

컴맹 영구

PC를 모르던 영구가 드디어 컴맹 탈출을 선언했다.

PC를 장만하여 3.5인치 디스켓을 넣고 'dir : b'라고 입력했다. 하지만 포맷이 안 된 디스켓이어서 다음과 같은 에러 메시지가 출력되었다.

[General failure reading drive B:]

그러자 영구는 놀라서 친구에게 물었다.

"Failure 장군이 도대체 누군데 내 드라이브를 읽고 있는 거지?"

유머테크

몇 번 채널이니?

인기 방송인인 영구는 다양한 프로그램에 겹치기 출연을 하고 있어 집에 머무르는 시간이 거의 없었다.

그러던 어느 날, 오랜만에 일찍 집에 들어오게 되었다. 현관문을 열어준 그의 딸이 흥분해서 소리쳤다.

"엄마, 아빠야! 아빠!"

그러자 주방에 있던 엄마가 대답했다.

"그래 몇 번 채널이니?"

불쌍한 강아지

강아지 한 마리가 있었다.

그놈은 우주선을 타고 여행을 하고 싶었다.

그래서 우주선 발사대에 가서 우주선 안에 몰래 잡입하는데 성공했다.

드디어 우주선이 달에 무사히 도착했다.

달에 도착한 강아지는 너무나 좋아서 신나게 여기저기 돌아다녔다.

그러나 얼마 후 강아지는 배가 터져 죽었다.

왜?

달에는 전봇대가 없어서…….

손을 안 씻는 이유

영구가 화장실에 다녀왔다.

옆에 있던 영칠이가 화장실에 갔다오면 항상 손을 씻던 영구가 그날 따라 손을 안 씻길래 궁금해서,

"형, 오늘은 화장실 갔다 와서 왜 손 안 씻어?"

하고 물었다. 그러자 영구는 웃으면서 말했다.

"응, 오늘은 화장실에 휴지가 있더라구."

단답형 짧은 유머

1. '낯선 여자에게서 그 남자의 향기를 느꼈다.' 를 5자로 줄이면? 혹시 이년이?

2. 우리나라 사람이 쇼트트랙에 강한 이유?
   새치기를 잘한다.

3. 3개 국어를 동시에 하면? 핸들 이빠이 꺾어.

4. '당신은 시골에 삽니다.' 를 3글자로 줄이면?
   유인촌.

5. 꽃이 제일 좋아하는 벌? 재벌.

6. 콜라와 마요네즈를 섞으면? 버려야 한다.

7. 곤충에 마요네즈를 섞으면? 죽는다.

8. 애들이 학교에 가는 이유는?
   학교가 올 수 없으니까.

9. 우유를 여섯 글자로 늘이면? 송아지 쭈쭈바.

10. 슈퍼맨 가슴의 's' 자는 무엇의 약자? 스판.

11. '아이 추워.' 의 반대말은? 어른 추워.

12. '나보다 조금 더 높은 곳에 네가 있을 뿐' 을 6자
    로 줄이면? 니 거기 와 있노?

대담한(?) 섹시녀

아주 섹시한 아가씨가 시골의 한 바에서 칵테일을 마시고 있었다. 아가씨는 바텐더를 매혹적인 몸짓으로 불렀다. 바텐더가 다가오자 아가씨는 더욱 유혹하는 몸짓으로 얼굴을 가까이 하라고 사인을 보냈다.

바텐더는 영문을 모른 채 얼굴을 가까이 했다. 아가씨는 바텐더의 수염과 얼굴을 두 손으로 부드럽게 만지며 물었다.

"아저씨가 주인이세요?"

"아, 아, 아닌데요."

아가씨는 더욱 강하게 바텐더의 머리카락과 수염을 만지며 말했다.

"그럼 주인아저씨 좀 불러주시겠어요?"

바텐더는 아가씨의 향기와 애무에 숨을 헐떡이며 대답했다.

"지, 지금은 외출하셔서 안 계시는데요. 말씀을 전해

드릴까요?"

아가씨가 더욱 허스키한 목소리로 말했다.

"물론 전할 말이 있지요."

아가씨가 머리와 수염을 애무하던 손가락을 바텐더의 입술로 가져가자 바텐더가 손가락을 빨아주기 시작했다. 아가씨는 별로 싫어하는 기색이 없이 그냥 빨게 놔둔 채로 말했다.

"주인아저씨가 오시면 여자 화장실에 휴지가 없더라고 전해줘요."

이런 거 해봤수?

꿈 속에서 미친 여자가 뽀뽀하자고 쫓아오는데 도망치다 계단에서 굴러 떨어지면서 잠에서 깰 때 혓바닥 콱 깨물어 봤수?

나 해봤수! 이불에서 마구 뒹굴었지… 3일 동안 혓바닥 부풀어 밥도 제대로 못 먹었지…….

목욕탕 욕조에서 배에 적당한 힘을 주면 뽀글뽀글 올라오는 게 있지? 그런데 압력 계산을 잘못해서 누런 건더기가 올라오는 바람에 개창피 당해 봤수?

나 해봤수! 그 목욕탕 주인이 내 얼굴을 알아서 두 번 다신 얼씬도 못하고 있지…….

술 먹고 전봇대하고 싸워본 적 있수?

나 있수! 전봇대… 무지하게 빠르더군… 더군다나 아스팔트까지 벌떡 일어나 같이 덤비는 바람에 나 무지하

유머테크

게 맞았수… 얼굴에 상처는 꼬박 3년을 가더구만…….

사무실에서 폼나게 의자에 털썩 주저앉았다가 의자 가운뎃다리가 똑 부러져서 완전 전자동 빠샤 해봤수?
나 해봤수! 똥꼬 무지 아팠어… 마지막 꽁지뼈 전치 3주 진단 나온 사람 있으면 나와보라 해…….

욕조에서 나오다가 앞다리만 쫘악 미끄러져서 다리 찢어봤수?
나 해봤수! 생다리를 찢어도 아파서 엉거주춤할 판인데 욕조 턱에 가랑이가 콱… 누구한테 욕도 못하고 눈물만 쫘악……….

망치질할 때 자기 손가락 한 번쯤 안 찍은 사람 없을걸? 그런데 자기 손가락만 찍는 게 아니라 그 망치로 자기 이마도 동시에 찍어 봤수?
나 해봤수! 손가락 찍고 이마 찍고… 이마에 구멍 나서 싸매고 다녀도 누구한테 왜 그랬는지 절대로 설명할 수가 없어 환장하겠더만…….

아들 놈 배 위에 올려놓고 어르고 있는데 웃는 모습
이 너무 귀여워 '여보 이거 좀 봐…' 하는데 정통으로
오줌발 입으로 들어와 봤수?

나 있수! 웃어야 할지… 울어야 할지… 애를 패대기
칠 수도 없고……

자장면 먹다가 사레들려 재채기해 봤수?

나 해봤수! 정말 맞은편에 앉은 사람마다 얼굴에 까
만 면발 하나씩 가로질러 얹혀 있는 모습 보고 웃을 수
도 없고… 미안하지만 떼줄 수도 없고… 그런데도 나머
지 그 자장면 다 먹어봤수? 소화 안 되더군……

축구공 차다가 사람 걷어차는 건 자주 있지. 그런데
골대 걷어차 봤수?

나 있수! 발목 복잡골절, 전치 8주. 수술하고 병원에
있는데 문병 오는 사람마다 모두 하는 말,

"두 번 다시는 축구하지 마……."

창피해서 미치겠더만……

　　　　　　　　　　　　　유머테크

한여름에 남대문 안 채우고 외출한 것까지는 좋다 이 거야. 전철에 앉아 있는데 내 앞에 있는 사람들 눈치가 이상해서 내려다보니까 아! 내 가장 중요한 거시기가 밖으로 삐죽 나와서 인사를 하고 있는 거야……

나는 이날 차라리 죽고 싶었지. 이런 상황은 절대로 길게 설명할 수가 없어……

고인

평소 방탕한 생활을 하던 바람둥이 남편이 저세상으로 갔다. 장례식에 참석한 많은 사람들이 미망인을 위로해 줬다.

그런데 그 미망인은 오히려 시원하다고 말했다.

"앞으로 이 양반이 어디서 자는지 확실히 알 수 있으니까요."

유머테크

재치 만점 학생

어느 고등학교의 체육 시간.

수업종이 울리고 학생들이 모두 운동장에 모였는데 세 명의 학생이 늦게 나왔다.

화가 난 체육 선생님이 벌로 누워서 자전거 타기를 시켰는데 한 학생이 몇 바퀴 돌리다가 그냥 멈춰 있는 것이었다. 선생님이 소리 질렀다.

"야! 너 왜 안 해?"

그러자 학생이 하는 말,

"저~~어 선생님! 내리막길인데요."

궁금증

닭장 속에는 닭이, 토끼장 속에는 토끼가…….
→ 그런데 모기장 속에는 왜 사람이 있는 걸까?

'세월이 약이다.'라고 사람들은 말을 한다.
→ 그렇다면 양력은 양약이고 음력은 한약일까?

장남에게 시집 안 간다는 요즘 여자들은…….
→ 결혼하면 차남부터 낳을 자신이 있다는 걸까?

깡패들이 길을 막고 '꼽냐' 고 물을 때…….
→ '꼽다.'고 해야 될까, '아니꼽다.'고 해야 될까?

입을 벌렸다 하면 거짓말만 하는 사람은?
→ 입으로 숨쉬는 것도 거짓 호흡일까?

이발사의 아내

한 남자가 이발소에 들어와 이발사에게 물었다.

"머리 깎으려면 얼마나 있어야 하나요?"

이발사는 주위를 둘러보며 말했다.

"1시간쯤이요."

남자는 다음에 온다며 그냥 나갔다. 며칠 후 그 사람이 다시 이발소에 고개를 들이밀며 말했다.

"머리 깎으려면 얼마나 있어야 해요?"

"30분 정도요."

남자는 또 그냥 나갔다.

그 후로도 이런 상황이 반복되자 이발사는 궁금해져 남자가 또다시 방문했을 때 친구에게 말했다.

"이봐, 저 친구를 따라가서 어디로 가는지 좀 봐줘."

잠시 후 친구가 돌아와서 이발사에게 말했다.

"그 친구… 자네 집으로 가더군……."

성교육

어느 학교에서 부모들을 대상으로 성교육을 하고 있었다. 강사의 강연이 무르익어갔다.

"우리나라의 형식적인 성교육을 뜯어고쳐야 합니다. 우리나라는 성교육을 거의 하지 않고 있다고 해도 과언이 아닙니다. 여학생들을 보세요. 고작해야 가정 시간을 통해 성에 대해 약간 배울 뿐이죠."

그러자 뒤쪽의 한 아버지가 물었다.

"그러면 가정 시간에 남학생들은 뭘 배웁니까?"

강사가 대답했다.

"기술을 많이 배웁니다."

그러자 그 아버지가 진지하게 말했다.

"기술이라고 하면 테크닉을 말하는 것인가요?"

고마운 호랑이

신이 모든 동물들을 다 만들고 난 다음, 각 동물들이 평생 몇 번이나 하게 하느냐를 결정할 차례였다.

신은 각 동물들의 특성과 수명에 맞게 그 횟수를 정해 주었고 마지막으로 호랑이와 사람만이 남게 됐다.

"호랑아, 너는 아무 동물이나 다 잡아먹어 많이 번식해서는 안 되니 평생 한 번만 하도록 해라!"

화가 난 호랑이가 갑자기 신에게 달려들어 막 물려고 했다. 신이 깜짝 놀라 비명을 지르며 마구 도망가는데, 사람이 뒤쫓아가면서 신에게 물었다.

"그럼 저는 몇 번이나 할까요?"

도망가기에 바쁜 신이 소리쳤다.

"니 꼴리는 대로 해라!"

거북과 메뚜기 그리고 개미

메뚜기는 강물이 너무 깊어서 강을 건널 엄두를 못 내고 있었는데 때마침 거북이 나타났다.

거북 : "걱정 마, 내가 태워줄게!"
메뚜기 : "정말? 고마워!"

거북이 메뚜기를 등에 태워 강을 무사히 건넜지만 메뚜기는 얼굴이 시뻘개져서 숨이 넘어갔다. 그때 강을 건너지 못하고 망설이던 개미에게 거북이 말했다.

거북 : "내가 태워줄게!"

그러자 숨을 헉헉거리던 메뚜기는 개미에게 달려가서 말했다.

메뚜기 : "헉헉! 야, 타지 마. 쟤 잠수해!"

한국인 말 잘 듣게 하는 방법

유치원생 : 피카츄 인형을 사준다고 한다.

초등학생 : 여자 짝궁으로 자리 바꿔준다고 한다.

중학생 : '왕따' 안 시키고 '짱' 시켜준다고 한다.

고등학생 : 내신 성적에 반영한다고 한다.

대학생 : 취업추천서 써준다고 한다.

직장인 : 월급 많이 올려주고 승진시켜 준다고 한다.

공무원 : 인사고과 적용한다고 한다.

국회의원 : 다음에 또 찍어준다고 한다.

아저씨 : 정력제 준다고 하면 된다.

아줌마 : 자리 비켜준다고 하면 된다.

외출 준비

화창한 주말, 부부는 모처럼 나들이를 하기로 했다.

옷을 다 차려입은 남편이 아내에게 물었다.

"여보, 준비 다 됐소?"

그러자 아내가 신경질적으로 대답했다.

"제발 좀 성가시게 굴지 말아요. 잠깐이면 된다고 한 시간 전에 말했잖아요!"

첫날밤 고백

한 신혼부부가 신혼여행을 떠나 첫날밤을 맞았다.

분위기가 무르익자 서로의 비밀을 고백하기로 했고 신부가 먼저 고백했다.

"나… 사실은 스무 살 때가 첫 경험이었어……."

그러자 신랑이 술을 벌컥벌컥 마시더니 홀가분하다는 표정으로 말했다.

"그래? 그러면 나도 고백할게… 사실… 난 여자였어……."

초콜릿 상자

엘리자베스 테일러는 누구보다 초콜릿을 좋아했다.

그날도 그녀는 초콜릿을 먹고 그 상자를 차창 밖으로 던져버렸다. 초콜릿 상자는 어느 할머니의 발아래 떨어졌다. 할머니는 차를 세우고 엘리자베스 테일러에게 물었다.

"이 상자 필요없으세요?"

엘리자베스 테일러는 눈을 아래로 깔고 대답했다.

"네, 필요없어요."

그러자 할머니는 초콜릿 상자를 차 안으로 다시 던져 넣으며 하는 말,

"우리 마을도 필요없어요."

유언

목사님이 환자의 임종을 맞이하러 병원에 왔다. 가족들도 모두 나가고 목사님과 환자만 남았다.

"마지막으로 하실 말씀은 없습니까?"

하고 목사가 묻자 환자는 괴로운 표정으로 힘을 다해 손을 허우적거렸다. 목사가 말하길,

"말하기가 힘들다면 글로 써보세요."

하면서 종이와 연필을 주었다. 환자는 버둥거리며 몇 자 힘들게 적다가 숨을 거두었다. 목사는 종이를 가지고 병실 밖으로 나와 슬퍼하는 가족들에게,

"이제 막 우리의 의로운 형제는 주님 곁으로 편안히 가셨습니다. 이제 고인의 마지막 유언을 제가 읽어드리겠습니다."

하며 종이를 펴고 큰 소리로 읽기 시작했다.

"발 치워, 너 호흡기 줄 밟았어!"

제3장

정말 웃기지 ?

내가 웃기는 얘기해 줄게

최고의 직업

철수 : "내 아빠는 유명한 과학자다!"

영미 : "내 아빠는 큰 무역회사의 사장이야."

윤호 : "내 아빠도 유명한 교수인데."

맹구 : "내 아빠는 청와대에 있는 모든 사람을 벌벌
떨게 만든다! 거기 보일러실에서 일하시거든."

군인의 자세

장군이 부하들에게 전쟁에 임하는 자세를 지시하고 있었다.

"우리와 맞서는 적도 많지가 않다. 그러므로 1대 1이라는 각오로 반드시 한 사람씩 죽인다는 굳은 결심으로 싸워야 한다."

그때 한 병사가 말했다.

"장군님! 저는 두 놈의 적을 맡겠습니다."

옆에 있던 다른 병사가 이 말을 받아 용감하게 말했다.

"그렇다면 저는 집으로 돌아가겠습니다."

위인들의 대학 졸업 논문

한석봉 : 무조명 아래에서의 떡 써는 방법 연구
　　　　(공과 계열)

맹자 : 잦은 이사가 자녀 학업에 미치는 영향
　　　(사회과학 계열)

스티븐 스필버그 : 비디오 대여점의 운영과 고객 관
　　　　　　　　리 (경상 계열)

멘델 : 완두콩 제대로 기르는 법 (생명공학 계열)

아인슈타인 : 'DHA가 함유된 우유' 언제쯤 만들 수
　　　　　　있나? (농축산 계열)

　　　　　　　　　　　　　　　　　　　유머테크

엄마와 아들

공부를 정말 못 하는 아들에게 화가 난 엄마가 꾸중을 했다.

"아니 넌 누굴 닮아서 그렇게 공부를 못 하니? 제발 책 상에 앉아서 공부 좀 해라!"

그러자 아들은 미안한 기색 없이 오히려 당당하게 말했다.

"엄마! 엄마는 에디슨도 몰라? 에디슨은 공부는 못 했어도 훌륭한 발명가가 됐어. 공부가 전부는 아니잖아!"

그러자 더 열받은 엄마가 아들에게 소리쳤다.

"에디슨은 영어라도 잘했잖아!"

효심

분명히 성적표가 나올 때가 된 것 같은데 아들이 내놓지 않자 어머니가 물었다.

"왜 성적표를 보여주지 않니?"

"선생님의 가르침을 제대로 실천하느라고요."

"그게 무슨 소리냐?"

"선생님께서 오늘 그러셨거든요. 부모님께 걱정 끼쳐드리는 일을 해서는 안 된다고요."

만약 담배가 몸에 좋다면

상황 1. 공부하는 자녀에게

어머니 : "얘야! 얼굴이 안 좋아보이는구나. 담배 한
　　　　　대 피우고 하거라."

(듣고 있던 아버지가 옆에서 거든다.)

아버지 : "그래, 엄마 말씀 듣고 담배 한 대 피워! 여
　　　　　보, 애 공부하는데 빨리 슈퍼 가서 담배 하
　　　　　나 사오구려. 우리 애 피우는 거 말이오."

상황 2. 조회 시간

선생님 : "너네들 아침에 안색이 안 좋아보인다. 다들
　　　　　담배나 한 대 물고 시작하자."

학생 : "저는 담배 안 피우는데요."

선생님 : "너는 제대로 하는 게 뭐 있어! 그러니까 네
　　　　　가 공부를 못 하는 거야!"

상황 3. 친구의 줄담배

친구 : "짜식, 자기 몸은 되게 생각한다니깐!"

상황 4. 몸이 무척이나 안 좋은 친구 병문안

친구 : "짜식~ 몸도 안 좋은데 담배나 한 보루 빨아라."

환자 : "고맙다 녀석… 나 생각하는 건 너밖에 없다."

상황 5. 학교 화장실

선생님 : "야~ 이 자식, 왜 공부를 잘하는가 했더니 화장실에서까지 담배를 피우네~ 건강하면 공부도 잘하는 법이지!"

학생 : "선생님도 하나 피우시겠어요?"

선생님 : (닭똥 같은 눈물을 흘리며…) "짜식! 선생님을 끔찍이도 사랑하는구나!"

상황 6. 꽁초를 물고 있는 여친

남친 : "필터 끝까지 빨아! 그래야 애기도 순풍순풍 나온데."

여친 : "아잉~ 몰라. 나 요즘에 종류별로 피우고 있단 말야! 영양도 생각해야지… 호호~!"

남친 : "역쉬~ 내 색시감은 너뿐이야!"

상황 7. 친구가 장초를 떨어뜨렸을 때

친구1 : "너 미쳤어? 그 좋은 걸… 나나 주지."

친구2 : (아까운 표정으로) "담배 입술에 붙었다가 손가락에서 빠진 거야. 울 엄마가 시골에서 부쳐주신 건데……."

비서들의 실수담

1. 사장님이 '차 대기시켜.' 이랬는데 커피 달라는 줄 알고 커피 끓여 들어갔소. 나보다 더한 사람?

2. 사장님 손님들이 오셔서 쟁반에 식혜와 사이다를 들고 사장실에 들어갔습니다. 먼저 식혜를 흔들어 서 컵에 따랐는데 아뿔싸! 사이다를 신나게 흔들 었던 겁니다.

3. 사장님 손님이 세 분 오셨습니다. '여기 커피 한 잔 줘요.' 라고 사장님이 말씀하셨죠. 정말 달랑 한 잔 가지고 들어갔습니다.

4. 사장님이 부의봉투 하나를 달라고 하시더군요. 저 는 좀 의아해 하며 사장님이 찾으시는 봉투를 만들 어드렸습니다. 누런 대봉투에 굵은 매직으로 'V'

유머테크

를 큼직하게 써서 사장님 책상 위에 올려놨죠.

5. 첫 근무할 당시 사장실에서 지시받고 나오면서 저
도 모르게 노크를 했습니다. 근처 사원들이 놀라서
쳐다보더군요.

6. 골프 클럽의 손잡이 있죠? 그걸 샤프트라고 하는
모양인데, 저는 그 말을 못 알아듣고 우리 사장님
이 샤프트 달라고 하길래 기획실까지 가서 샤프 빌
려다 드린 적 있습니다.

여자는 세 번 변한다

에로영화를 보러갔다.
숨막히도록 진한 장면이 나오자 그녀는 내 허벅지를
꼬집으며 말했다.
연애 초반 : 창피해!
연애 중반 : 죽인다!
연애 후반 : 잘 봐 둬!

생일선물로 화장품을 사줬다.
그런데 그녀의 피부에 안 맞는 화장품인 것 같다.
그녀는 내 귀에 대고 말했다.
연애 초반 : 잘 쓸게!
연애 중반 : 현금 줘!
연애 후반 : 바꿔와!

찬스가 왔다. 두근거리는 가슴을 진정시키며 그녀에

게 키스를 퍼부었다.

그런데 갑자기 그녀가 입술을 떼며 내게 말했다.

연애 초반 : 살짝 해!

연애 중반 : 더 깊게!

연애 후반 : 장난쳐?

야외로 놀러갔다. 그녀가 급한 볼일을 보려는데 화장실이 없다.

그녀가 주위를 휙 둘러보더니 내게 말했다.

연애 초반 : 멀리 가!

연애 중반 : 보지 마!

연애 후반 : 망 봐라!

그녀의 몸과 마음이 찌뿌둥하게 보인다.

그녀의 기분 전환을 위해 어디 가고 싶냐고 물었더니 말했다.

연애 초반 : 노래방.

연애 중반 : 비디오방.

연애 후반 : 찜질방.

전화통 붙들고 날밤 새며 늦도록 그녀의 수다를 들어줬다.

그러나 미칠 듯이 밀려드는 잠을 어쩔 수 없어 그만 전화를 끊으려 하자 그녀는 속삭이듯 내게 말했다.

연애 초반 : 잘자 내 꿈 꿔!

연애 중반 : 너무 외로워!

연애 후반 : 너 많이 컸네?

그녀가 나 몰래 딴 남자들과 미팅하는 것을 현장에서 목격했다.

연애 초반 : 갈증 해소용이야!

연애 중반 : 난 2프로 부족해!

연애 후반 : 넌 물만 먹고 사니!

생물 시간에

"여러분! 우리 몸의 모든 신체 부위 하나하나에는 다 쓸모가 있도록 만들어져 있습니다. 또 그 모든 부위는 없어서는 안 될 아주 중요한 기능들을 하고 있답니다."

그때 한 학생이 물었다.

"선생님! 젖꼭지는 왜 만들어졌습니까?"

"아 그거야, 아기에게 젖을 먹이기 위해서지요."

"그렇다면 남자에게는 젖꼭지가 필요없지 않습니까?"

잠시 머뭇거리던 선생님이 말했다.

"남자의 젖꼭지는 앞뒤를 구분하는 장치입니다."

중국산 제품의 장점

1. 강력접착제 : 급히 떼어야 할 일이 생겼을 때 편리함.

2. 나무젓가락 : 차츰 길이가 짧아지면서 교체 시기를 알려주며 이쑤시개 대용으로 몇 가닥씩 갈라져 나옴.

3. 맥가이버칼 : 맥가이버칼을 수리하다 보면 어느새 맥가이버가 됨.

4. 머그컵 : 손잡이가 떨어져 나가도 컵의 기능을 수행할 수 있음을 보여줌.

5. 면도기 : 감자칼이 없을 때 유용함.

6. 밀폐용기 : 김치나 장류를 넣고 뚜껑을 닫아두면 알아서 숨을 쉼.

유머테크

7. 방향제 : 모기가 줄어든 느낌이 듦.

8. 변신로봇 : 부품이 하나둘 분해돼 아이들의 조립
   능력을 향상시킴.

9. 볼펜 : 펜 끝에서 볼(ball)이 분리되어 자신이 볼펜
   이라는 것을 직접 증명해 보임.

10. 분무기 : 노즐이 차츰 넓어지면서 물총으로 변신
    함.(변신로봇 조립하다 지친 아이들에게 주면 좋아함.)

11. 온도계 : 일년 내내 실내온도를 일정하게 유지시
    켜 줌.

12. 체중계 : 고장의 원인이 자신의 몸무게 때문이라
    고 자책하며 다이어트를 하게 됨.

오줌 누는 스타일로 보는
남자들의 성격 테스트

똑똑한 남자 : 손으로 그곳을(?) 잡지 않고 지퍼에 걸치고 소변보는 남자.

순진한 남자 : 오줌 줄기를 변기의 위, 아래, 좌, 우로 휘둘러대며 자기 이름을 써보거나 파리, 모기를 맞히려고 애쓰는 남자.

불만형 남자 : 오줌이 다 마를 때까지 그곳을 50회 이상 흔들고 있는 남자.

터프한 남자 : 그곳의 오줌을 털어내기 위해서 그곳을 변기에다 탕탕 치는 남자.

유머테크

깐깐한 남자 : 그곳이 말랐나 안 말랐나 손가락으로 확인하는 남자.

경제적인 남자 : 대변이 마려울 때까지 기다렸다가 두 가지를 한 번에 해결하는 남자.

술 취한 남자 : 왼손으로 오른쪽 엄지를 붙잡은 채 그냥 팬티에 소변보는 남자.

고개 숙인 남자 : 한참 동안 오줌 나오는 걸 기다렸다가 터는 시늉만 하고 그냥 가버리는 남자.

황당한 남자 : 새우깡만한 그곳을 야구방망이 붙잡듯이 두 손으로 붙잡고 볼일을 보는 남자.

흥분 잘하는 남자 : 팬티에서 구멍을 찾을 수 없자 온몸을 떨며 허리띠까지 풀고 오줌 누는 남자.

사교적인 남자 : 오줌이 마렵든 안 마렵든 친구를 따
라가 오줌을 누는 남자.

호기심 많은 남자 : 옆사람의 그곳이 자기 것보다 큰
지 보려고 옆만 보고 오줌 누는
남자.

에미는 알고 있다

며느리 : "자갸~~! 이 세상에서 누가 제일 좋아?"

아들 : "그야 물론 자기지."

며느리 : "그 다음은?"

아들 : "이쁜 우리 딸."

며느리 : "그럼 세 번째는?"

아들 : "이쁜 자기를 낳아주신 장모님이지."

며느리 : "그럼 네 번째는?"

아들 : "음, 우리집 애견 똘이!"

며느리 : "그럼 다섯 번째는?"

아들 : "우리 엄마!"

우연히 문 밖에서 이 말을 듣게 된 시어머니, 다음 날 새벽에 나가면서 냉장고에 메모지 한 장을 붙여 놓았다.

'1번 보아라! 5번 노인정에 간다.'

재미로 읽어보는 전라도 사투리

무엇이 분명하지 않을 때 : 아따메 껄적지근허요.

아이들 머리가 참 똑똑합니다 : 집에 아그 대그박이
겁나게 야물으요.

고집부립니다 : 몽니가 심하시오. 문념의 오기를 고
로코롬 부린디야.

부엌에서 설거지합니다 : 정지서 기멍친다.

반갑습니다 : 으메 허벌라게 조쿠만이라이.

변덕이 심한 사람 : 어찌 실덕벌덕헌디야.

얼굴이 참 예쁘십니다 : 나짝이 쪼카 반반하요.

아이들이 말을 안 들을 때 : 아그들아 씹어불고 묵어
부냐?

수다스럽다 : 따따부따 증허게 씨월씨월 해싸네.

말을 잘 합니다 : 주댕이가 허벌라게 양글구만이라이.

사오정과 족발

어느 날 사오정이 큰맘을 먹고 족발을 사가지고 집으로 갔다. 그러자 아들이 좋아하며 물었다.

"아빠! 웬 족발이에요?"

사오정 왈,

"글쎄… 이게 왼쪽 발인지… 오른쪽 발인지……."

아버지의 문자 메시지

새내기 부부가 제주도로 신혼여행을 갔다.

꿈 같은 일 주일이 순식간에 지나가 버리고 가진 돈이 모두 바닥났다.

그들은 달콤한 신혼 기분에서 깨어나고 싶지 않았다.

그래서 신랑은 아버지께 문자를 보냈다.

'아버님, 이곳 재미가 기가 막히게 좋습니다. 좀 더 즐기고 싶은데 돈이 부족합니다. 추가 송금 바랍니다.'

그러자 잠시 후 아버지에게서 답장이 왔다.

'이놈아, 그 재미는 어디서나 마찬가지로 좋은 게다. 냉큼 돌아왓! 돈 없다!!'

넌 누구냐?

티코가 주행 중에 타이어가 펑크나 시궁창에 빠졌다.
시궁창에 살던 모기가 깜짝 놀라 물었다.
"넌 누구냐?"
"응, 난 자동차다."
그러자 모기가 큰 소리로 웃으며 말했다.

"니가 자동차면 난 독수리다."

빌 게이츠 이야기1

빌 게이츠가 중병에 걸려 병원에 갔다.

빌 게이츠를 진찰한 의사는 고개를 흔들며 말했다.

"심각한 바이러스가 당신의 몸에 침투해 있습니다. 현대의학으로는 도저히 해결할 수 없는 신종 바이러스입니다."

빌 게이츠가 묻는다.

"약물로 치료가 안 됩니까?"

"안 됩니다."

"수술로도 완치가 안 됩니까?"

"불가능합니다."

그러자 빌 게이츠가 최후의 해법을 제시했다.

"그럼 포맷해 주세요."

아담과 이브

어느 공원에 아담과 이브의 동상이 있었다. 그 둘은 완전히 벌거벗은 채 서로를 마주보고 있었다. 그들은 오랜 세월 하루 종일 서로를 바라보며 무슨 생각을 했을까?

그러던 어느 날, 하느님께서 그들을 10분 동안 인간으로 만들어주셨다. 그러면서 하느님이 이렇게 말했다.

"단 10분이다. 너희들이 가장 하고 싶었던 일을 하거라."

그러자 사람으로 다시 태어난 아담과 이브는 말없이 눈빛으로 서로의 뜻이 통했다는 걸 느끼고 숲속으로 들어갔다. 숲은 진동하기 시작했고 나뭇잎이 심하게 흔들리며 떨어졌다.

하느님이 궁금해서 숲속을 들여다보았더니 그들은 비둘기 한 마리씩을 잡아 땅바닥에 깔아놓고 비둘기 머리에다가 똥을 싸고 있었다.

그러면서 하는 말,

"이놈들아! 니들도 한 번 당해 봐라. 나쁜 놈들 같으니라구~."

휴대폰 통화

휴대폰 벨이 울렸다.

엄마 : "어! 우리 아들 웬일이니? 니가 먼저 전화를 다
　　　　하고……."

아들 : "그냥 엄마 목소리 듣고 싶어서 전화했지."

엄마 : "몸은 괜찮지? 학교 생활은 재밌니?"

아들 : "그럼… 잘 지내고 있어!"

엄마 : "근데… 무슨 일이야? 왜 전화했어?"

아들 : "응, 다름이 아니라 돈이 떨어져서……."

엄마 : "…누구세요?"

뚝…!

전화가 끊겨져 아들은 다시 전화를 걸었다.

'전화기가 꺼져 있어 소리샘으로 연결…….'

엄마마저도…….

봉변당한 사오정

점심 시간이 끝나고 교실에 선생님이 들어왔다. 그런데 교탁에 시금치, 햄 등 반찬 찌꺼기가 잔뜩 있었다. 화가 난 선생님은 엄청나게 분노한 얼굴로 소리쳤다.

"주번! 당장 나와!"

뜨끔한 사오정이 교탁 앞으로 걸어갔다.

그러자 선생님이 물었다.

"니가 주번이야?"

사오정이 그렇다고 대답했다. 그러자 분노한 선생님의 왼손, 오른손, 이단 옆차기까지 날아왔다. 그렇게 한참을 맞고 있는 중에 사오정의 절친한 친구가 말했다.

"선생님! 사오정은 주번이 아닌데요?"

깜짝 놀란 선생님은 사오정에게 되물었다.

"너 주번 아니야? 아깐 주번이라며? 그럼 넌 뭐야?"

가슴을 찌르는 사오정의 한 마디!

"전 구번인데요!"

황당한 건망증 가족

건망증이 심한 가족이 있었다.

아버지가 말씀하시길,

"아들아, 너도 이제 결혼할 나이가 되었지! 참한 여자 만나 결혼해야지!"

"아버지도 참! 저는 벌써 결혼해서 아들까지 있잖아요."

"그러면 우리 집에서 왔다갔다하는 여자가 내 며느리인가?"

그때 며느리가 밥상을 차려오면서 말했다.

"손님들 어서 식사하세요."

유머테크

절약맨의 독백

나는 택시를 타고 갈 때 절대로 웃는 법이 없습니다.

분노에 가득 찬 표정으로 앞만 바라보며 가끔씩 입에 담지 못할 욕설을 지껄입니다.

그러면 택시 기사님께서 알아서 '최단거리'로 미터기를 끊어주십니다.

술 취한 남자와 경찰

늦은 밤, 술에 취한 사람이 경찰서에 전화를 했다.

"내가 술을 딱 한 잔 먹고 내 차에 들어가 보니 오디오, 운전대, 브레이크, 페달 등등 도둑놈이 몽땅 털어갔지 뭡니까?"

경찰은 즉시 순찰차를 파견했는데 전화벨이 다시 울렸다.

"안 오셔도 되겠네요. 제가 뒷자리로 잘못 들어갔습니다."

유머테크

아내와 선거

선거에 출마했던 남자가 개표 후 집에 돌아왔다.
풀이 죽어 있는 남편에게 아내는 말했다.
"그래, 몇 표나 얻었어요?"
"두 표 얻었소!"
그러자 아내는 남편을 마구 때리기 시작했다.
"왜 때리는 거요?"
아내가 몹시 화난 얼굴로 말했다.
"당신 좋아하는 여자 생겼지?"

알고 보니

유명 정치인 5명이 무더운 복날에 기가 막히게 보신탕을 잘 한다는 집을 찾아갔다.

땀을 뻘뻘 흘리며 도착한 다섯 사람.

평상에 앉아 땀을 닦으며 신나게 부채질을 하고 있는데 주문받는 아줌마가 와서 이렇게 말했다.

"전부 다 개죠?"

그러자 다섯 사람 모두가 일제히 고개를 끄덕였다.

유머테크

초보 의사의 첫 진찰

의대에서 수년의 공부를 마치고 드디어 자기 병원을 차리게 된 초보 의사가 있었다.

첫 손님이 진찰을 받기 위해 들어왔다. 의사는 자신이 초보임을 알리기 싫었다. 그래서 그는 아직 개통도 되지 않은 전화기를 들고 괜히 바쁜 척했다. 무려 10분씩이나 전문용어를 사용해 가며 전화하는 척을 한 후 환자에게 물었다.

"죄송합니다. 00병원에서 자문이 들어와서……."

그리고 난 뒤 환자에게 물었다.

"어디가 아파서 오셨죠?"

그러자 그 환자가 말했다.

"아! 저는 환자가 아니고 전화 개통하러 온 전화국 직원인데요."

의사 왈,

"헉!"

아내의 언중유골

텔레비전을 보다가 리모컨의 건전지가 다 되었는지 작동이 안 된다. 건전지를 교체하기 위해 뚜껑을 열고 원래 있던 건전지를 쉽게 빼고 새 건전지를 넣는데 이게 자꾸 손에서 미끄러진다.

그렇게 끙끙거리고 있는데 마누라의 뼈 있는 한 마디.

"제대로 넣는 법이 없다니까!"

이어지는 가슴 아픈 소리.

"빼는 것만 잘하지."

간신히 넣고 나니 방향을 잘못 잡아서 다시 넣어야 했다. 그때 또 심장 떨리는 소리.

"아무렇게나 넣기만 한다고 되는 게 아니야."

제대로 건전지를 넣고 리모컨을 여기저기 누르니 소리 조절이 잘 되었다. 역시 간 떨리는 소리.

"거봐라, 제대로 넣고 누르니까 소리도 잘 나잖아."

그냥 잠이나 자려고 리모컨으로 텔레비전을 끄고 방

으로 들어갔다. 마누라는 아직 볼 프로그램이 있었는지 다시 텔레비전을 켠다.

으음~ 창자 꼬이는 소리.

"꼭 혼자만 즐기고 잠든다니까."

흔들어도 좋아 제발 싸지만 말아줘

그녀가 내게 말했다.

아주 노골적으로.

"오늘 밤을 꼴딱 새도 좋아. 흔들어도 좋고 피가 나도 좋아. 제발 싸지만 말아줘. 정말 부탁이야."

그녀가 너무도 간곡하게 원했다.

이상은 고스톱 이야기였습니다. *^^*

유머테크

엉뚱한 횡재

두 남자가 시골에서 차를 타고 가다가 고장이 났다. 밤이 다 된 시간이라 둘은 한 저택의 문을 두드렸다. 그러자 문이 열리고 과부가 나왔다.

"자동차가 고장났는데 하룻밤만 묵을 수 있을까요?"

과부는 허락했고 두 남자는 다음 날 아침 견인차를 불러 돌아갔다.

몇 달 후에 그 중 한 남자가 자신이 받은 편지를 들고 다른 남자에게 갔다.

"자네, 그날 밤 그 과부와 무슨 일 있었나?"

"응, 즐거운 시간을 보냈지."

"그럼 혹시 과부에게 내 이름을 사용했나?"

"어, 그걸 어떻게 알았나?"

"그 과부가 며칠 전에 죽었다고 편지가 왔는데, 나에게 5억 원을 유산으로 남겨줬어."

어떤 오해

나는 소개팅으로 만난 아가씨와 근교 식당촌으로 저녁을 먹으러 가고 있었다. 운전하는 사람들은 잘 알겠지만 차가 일정 속도를 넘으면 승객의 안전을 위해 문이 자동으로 잠기는 '오토 도어락' 기능이 있다.

차가 출발한 지 얼마 안 되어 속도를 올리자 문이 '찰칵' 하고 잠겼다. 이 아가씨는 얼굴을 붉히며 문을 열려고 낑낑대다 문이 꿈쩍도 않자 당황한 목소리로,

"갑자기 왜 이러세요??"

하고 외쳤다. 그런 모습에 나는 퍽이나 당황했다. 그래서 말을 더듬거리며 자세히 설명을 해줬다.

"아, 제 차는 60킬로를 넘으면 안전 때문에 문이 저절로 잠겨요."

그러자 아가씨는 더욱 얼굴을 붉히면서 볼멘 목소리로 대답했다.

"저 몸무게 60킬로 안 넘거든요."

이장님의 아이디어

도로 옆에 인접한 마을의 이장님이 무서운 속도로 질주하는 자동차들 때문에 골머리를 앓고 있었다. 도로를 횡단(가로질러)하여 논밭으로 일하러 가는 마을 사람들이 너무 위험도 하거니와 그놈의 소음 때문에 기르는 가축들도 제대로 자라지 않는지라 마을 이장으로서의 고충이 이만저만이 아니었는데……

며칠 밤낮을 두고 고민고민하다가 마을 앞 도로가에 눈에 확 뜨일 정도로 큼지막한 표지판을 설치해 놓았다.

그러자 즉시 효과가 나타나기 시작하는 것은 물론 아예 차들이 거북이 기어가듯 속도를 낮추었다.

표지판에는 다음과 같이 씌어 있었다.

<나체촌 길목!! 차 안에서도 볼 수 있음!>

웃기는 대화

의사가 말했다.

"어디 불편한 데는 없습니까?"

환자가 말했다.

"숨을 쉴 때마다 몹시 통증이 느껴집니다."

그러자 의사가,

"그럼 곧 숨을 멈추게 해드리죠."

한 처녀 뱃사공이 있었다.

하루는 어떤 총각이 배를 타더니,

"나는 당신의 배를 탔으니 이제 당신은 나의 아내요."

하고 짓궂은 농담을 했다. 배를 저어갈 때는 아무 말도 하지 않던 처녀 뱃사공이 이윽고 배가 강 건너편에 도착하여 그 총각이 배에서 내리자,

"당신은 내 배에서 나갔으니 이제 내 아들이오."

하고 말했다.

변호사가 이가 아파서 치과의사에게 물었다.

"이 하나 빼는데 얼마죠?"

치과의사가 쳐다보면서 말했다.

"2만원입니다."

변호사는,

"이 뽑는데 단 일 분도 안 걸리는데요?"

라고 불만스레 물었다. 치과의사가 웃으면서 대답했다.

"그럼 20분 만에 뽑아드릴까요?"

공상과학소설

대형서점에서 한 남자가 여러 곳을 기웃거리며 책을 찾다가 못 찾고 카운터로 다가가 판매원에게 물었다.

"저 아가씨, 남자가 여자를 지배하는 비결에 관한 책이 어디에 있지요?"

그러자 계산을 하고 있던 아가씨가 퉁명스럽게 쏘아붙였다.

"손님, 공상과학소설 코너는 저쪽입니다."

처녀 & 총각

처녀와 총각이 각각 운전하던 차가 정면충돌했다. 차는 완전히 망가졌지만 신기하게도 두 사람 모두 한 군데도 다치지 않고 멀쩡했다. 처녀가 말했다.

"차는 이렇게 되어버렸는데 사람은 멀쩡하다니… 이건 우리 두 사람이 맺어지라는 신의 계시가 분명해요."

총각은 듣고 보니 그렇다고 고개를 끄덕였다. 처녀는 차로 돌아가더니 뒷좌석에서 양주를 가져왔다.

"이것 좀 보세요. 이 양주병도 깨지지 않았어요. 이건 우리 인연을 축복해 주는 게 분명해요. 우리 이걸 똑같이 반씩 나눠 마시며 우리 인연을 기념해요."

그래서 총각이 반을 마시고 처녀에게 건네자, 처녀는 뚜껑을 닫더니 총각의 옆에 놓아두는 게 아닌가!

"당신은 안 마셔요?"

라고 총각이 묻자 처녀의 대답이……

"이제 경찰이 오기를 기다려야죠."

조카가 입원했다기에

조카 다리가 부러졌다기에 병문안을 갔다.

이제 여섯 살 먹은 녀석이 다리에 깁스하고 있는 걸 보니 가슴이 아팠다.

안타까운 마음에 어쩌다 그랬냐고 물어봤더니 대답 없이 자기 엄마만 쳐다본다.

우리 큰누나 얘기가,

"자동차 지나갈 때 넘어뜨리려고 다리를 걸었단다."

유머테크

재치 만점

대학교 축제날 한 동아리에서 기금 마련을 위해 주점을 차렸다. 술안주로는 부추를 넣은 부침개를 만들었다.

부침개 맛이 환상적이라는 소문이 퍼져 주점은 손님들로 북적거렸다. 하지만 얼마 지나지 않아 부침개 재료인 부추가 바닥이 났다. 시장까지 갈 시간은 없고, 고민을 하던 동아리 학생들은 궁리 끝에 교내 곳곳에 무성한 잔디를 뽑아다가 부침개를 부치기 시작했다.

요리 솜씨가 좋은 탓인지 아무도 눈치 채지 못하고 '잔디부침개' 역시 불티나게 팔렸다. 그런데 한 손님이 큰 소리로 외치는 것이었다.

"이봐요! 여기서 네잎 클로버가 나왔어요!"

순간 동아리 학생들은 어떻게 대처해야 할지 당황했다. 그러나 한 재치 있는 학생이 큰 소리로 대답했다.

"네, 축하드립니다! 행운에 당첨되셨군요. 여기 부침개 4개 추가요!"

못 말리는 할머니

어느 시골 할머니가 밤이 늦어 택시를 타기로 했다. 그런데 밤 12시가 넘은 시간이라 택시들이 잘 서지 않았다. 그래서 옆사람들을 보니 '따따블' 이라고 외치니 택시가 서는 것이었다.

그걸 본 할머니 '따따따블' 하며 3번을 외쳤다. 그러자 택시 여러 대가 한꺼번에 할머니 앞에 서는 것이었다. 그 중 가장 맘에 드는 택시를 타고 골목 골목으로 들어가 할머니의 집 앞에 도착하니 택시 요금이 2,500원이 나왔다.

할머니가 '요금 여기 있수다.' 하고 5,000원을 줬다.

택시 기사가 정색을 하고 물었다.

"할머니~!! 아니 따따따블이랬잖아요?"

그러자 할머니 하시는 말씀,

"예끼 이놈아! 나이 먹으면 말도 못 더듬냐?"

건강 관리법

바닷가 부근에 살고 있는 칠순 노인이 가벼운 심장병 증세가 있어 담당 의사로부터 체중을 줄이라는 경고를 받았다. 그런데 이 할아버지는 바닷가 해수욕장 백사장에 하루 종일 앉아 있기만 했다.

하루는 여느 날과 마찬가지로 바닷가에 가만히 앉아 비키니 차림의 여자들을 정신없이 바라보고 있다가 친구와 마주쳤다.

"자네는 운동을 해야 하는 걸로 알고 있는데……."

"맞아."

"그런데 그렇게 퍼질러 앉아 여자 몸매나 쳐다보니 운동이 되는가?"

그러자 할아버지가 정색을 하며 말했다.

"모르는 소리 말아. 난 요놈의 구경을 하려고 매일 십리 길을 걸어오는 거야."

여자의 질투심

아내가 남편에게 물었다.

"자기! 결혼 전에 사귀던 여자 있었어? 솔직히 말해봐, 응?"

"응, 있었어."

"정말? 사랑했어?"

"응, 뜨겁게 사랑했어."

"뽀뽀도 해봤어?"

"해봤지."

아내는 드디어 화가 났다.

"지금도 그 여자 사랑해?"

"그럼 사랑하지. 첫사랑인데……"

완전히 화가 난 아내가 소리를 빽 질렀다.

"그럼 그 여자하고 결혼하지 그랬어… 어?"

그러자 남편 얘기,

"그럼! 그래서 그 여자하고 결혼했잖아."

"허~걱."

당돌한 여학생

어느 날 늦은 오후.

무섭게 생긴 아줌마가 버스를 탔다. 버스 안은 승객들이 많아서 빈 좌석이 없었다. 아줌마는 버스 안을 휙 둘러보더니 자리에 앉아 있는 한 여학생 앞으로 다가갔다. 여학생은 모른 척하고 창 밖을 내다보고 있었다.

그러자 아줌마가 투덜거렸다.

"요즘 애들은 버릇이 없어. 나이 많은 사람이 서 있으면 양보를 해야 되는데 좀처럼 양보를 안 한단 말이야."

그러자 여학생이 말했다.

"그럼 아줌마가 할머니라도 된단 말이에요?"

그 말에 화가 난 아줌마.

"아니, 어른이 말씀하시는데 어디다 눈을 똥그랗게 뜨고 있어?"

라고 소리 지르자 그 여학생이 다시 말했다.

"그럼 아줌마는 눈을 네모로 뜰 수 있어요?"

아르바이트생

어떤 여자가 새로 사귄 펜팔 남자친구에게 편지를 썼다.

"당신이 옛날 저의 애인처럼 백일 밤을 찾아와 주신다면 당신 뜻대로 하겠어요."

그날 밤부터 그 남자는 비가 오나 눈이 오나 바람이 부나 그 여자 집을 찾아왔다. 그 증거로 집 앞의 큰 나무 밑에 밤마다 금을 그어 놓았다.

99번째 밤은 심하게 폭풍우가 몰아친 밤이었다. 여자는 그 남자의 행동에 마음이 동요되어 비바람 속에서 금을 긋고 있는 남자에게 뛰어가서 말했다.

"이제 당신의 마음을 알았어요. 백 번째 밤까지 기다릴 필요가 없어요."

그리고는 남자를 자기의 방으로 데리고 가려 하자 그 남자는 사색이 되어 하는 말,

"저~어 전 아르바이트생인데요."

이어폰

어느 날 늦게까지 독서실에서 공부하고 집으로 가기 위해 버스를 탔다. 자리가 없어서 서 있어야 했다. 그런 데 내 앞쪽에 무지 예쁜 미인이 앉아 있었다. 나는 일부 러 그 미인에게 눈길 한 번 주지 않았다.

매우 아름다운 이성에게 '나는 당신에게 관심없다.' 라는 의사를 각인시켜서 관심받고 싶었다. 그렇게 전혀 관심없는 척하며 나는 MP3를 듣기 시작했다.

그런데 옆에 있던 아저씨가 나를 이상하게 쳐다봤다. 그리고 갑자기 모든 사람들의 눈길이 나를 향했고, 그 아름다운 미인도 나를 매우 이상하게 쳐다봤다.

난 속으로 '뭐지? 뭐가 잘못된 거지?'라고 잠시 생각 하는 사이에 깨달았다. 내 귀에는 MP3가 아닌 후드티 줄을 꽂고 있었다. 난 그것을 빼지 않고 당당히 다음 정 류장에서 내렸다.

여관에서 쉴까?

 나에게 어여쁜 여자친구가 생겼다. 내가 첫 번째 남자친구가 된 것이다. 그래서 손을 잡을 때도 조심스럽고 항상 순수한 그녀의 마음을 다치지 않게 하려고 염려했다.

 그녀를 만난 지 몇 주가 지나서 주말에 기차를 타고 춘천에 가기로 했다. 아침 일찍 출발한 우리는 즐거운 시간을 보냈다. 많은 추억을 가슴에 간직한 채 저녁이 되어 춘천역으로 갔다.

 열차 시간이 한 시간이나 남아 역 주변을 거닐었다. 횅한 역 주변에는 여관과 식당들만이 있을 뿐…… 겨울이라 밖에 있기도 춥고 여관 간판을 보며 '저기서 쉬면 따뜻할 텐데……' 하는 생각을 슬쩍 하다가도 천사 같은 그녀를 보면 그런 생각을 한 나 자신이 죄스러웠다.

 "춥지? 아직 한 시간 정도 남았는데 뭘 할까? 커피숍 갈까?"

"아니, 시간도 애매하고 커피숍 가면 돈 아까워."

이어서 그녀가 말했다.

"우리 여관에서 쉬고 있을까?"

순간 아찔했다. '헉! 아 아니… 나야 좋긴 한데. 우리 아직 뽀뽀도 안 했는데… 어떡하지? 좋긴 한데……'

당황한 나는 어쩔 줄 몰라하며 그녀를 바라보는데 그녀가 다시 말했다.

"왜 그래? 역 안에서 쉬고 있자니까~."

술 깨는 것

한 중년 신사가 일본으로 출장을 가 혼자서 저녁 내내 술을 마시고 있었다.

마시다 보니 술집이 문닫을 시간이 되어 일어나려 하는데 술에 취해서인지 몸을 제대로 가눌 수 없었다. 너무 취했다 싶은 중년 신사가 종업원을 불렀다.

"이봐, 술 깨는 것 좀 가져다 줘."

그 말에 술집 종업원은 허리를 깍듯이 굽히며 말했다.

"여기 계산서 있습니다."

뭐니뭐니해도~ 역시

돈을 영어로 ····························· 머니

도둑이 훔쳐간 돈 ···················· 슬그~머니

계란 살 때 지불한 돈 ············· 에그~머니

생각만 해도 찡~한 돈 ············· 어~머니

아이들이 좋아하는 돈 ············· 할~머니

아저씨들이 좋아하는 돈 ··········· 아주~머니

며느리들이 싫어하는 돈 ··········· 시어~머니

이런 말하기는 좀 그렇지만… 사실

한 여자가 병원에 의사를 찾아갔다. 진찰실에서 여자는 의사에게,

"의사 선생님! 저에게는 참 이상한 병이 있어요. 여자로서 이런 말하기는 좀 그렇지만… 사실… 저에게는 항상 방귀를 뀌는 병이 있어요. 그런데 한 가지 이상한 건 제 방귀는 아무 소리도 나지 않고 또 전혀 냄새도 나지 않는 특징이 있어요. 선생님은 전혀 모르고 계시겠지만 사실은 이 진찰실에 들어온 이후로도 벌써 이삼십 번은 뀌었을 거예요."

여자의 말을 끝까지 심각한 표정으로 듣고 있던 의사가 말했다.

"다 이해합니다. 일단 제가 약을 지어드릴 테니 이 약을 먹고 일 주일 후에 다시 오십시오."

일 주일이 지난 뒤 그 여자가 다시 병원을 찾았다. 그러나 이번에 진찰실에 들어온 여자는 화를 내며 의사에

게 소리를 질렀다.

"아니 선생님은 도대체 무슨 약을 어떻게 지어주셨길래 병이 낫기는커녕 이젠 제 방귀가 심한 냄새가 나게 돼 버렸어요."

그 말을 조용히 듣고 있던 의사는 알았다는 표정으로 이렇게 말했다.

"자 코는 제대로 고쳤으니 이번엔 귀를 고쳐봅시다."

엄마 쉬 마려워요

"엄마, 쉬 마려워~!"

친척 결혼식장에 아이를 데려간 엄마가 결혼식을 지켜보던 도중, 근엄하신 주례선생님의 주례사가 길어지자 세 살 된 아들 녀석이 갑자기 소리를 질렀어요.

"엄마, 쉬 마려워. 도저히 못 참겠어~!"

갑자기 고함소리에 술렁이는 하객을 보며 엄마는 무척 창피해 하며 죄진 표정으로 아들을 밖으로 살짝 데리고 나왔어요. 그리고 아이의 귀에다 대고 조용히 이렇게 말했죠.

"아들아, 다음부터 쉬 마려울 때는 '노래하고 싶어요.' 이렇게 말해라. 알았지?"

며칠 뒤 시골에서 할아버지가 올라오셔서 주무시는데, 열두 시가 지났을까? 한밤중에 갑자기 그 녀석이 일어나 자기 할아버지를 깨우는 거예요.

"할아버지! 저 노래하고 싶어요."

모두가 깊이 잠든 밤이라 할아버지는 손자를 불러서 조용히 말했어요.

　"아가, 정 노래를 하고 싶으면 이 할애비 귀에다 대고 하렴."

에휴~ 힘 빠져

어느 가족이 주말에 야외에 나갔다.

아들이 자동차를 보더니 아버지에게 질문을 했다.

"아빠! 자동차 바퀴는 어떻게 돌아가는 거야?"

어떻게 대답해야 되나? 여러 가지 생각들이 머리를
스친다.

'첫 번째, 연료가 연소되면서 발생하는 열에너지를
기계적 에너지로 바꾸어 자동차가 움직이는 데 필요한
동력을 얻어 후륜의 경우 클러치 → 변속기 → 추진축
→ 차동기 → 액슬축 → 후차륜 순서로 동력을 전달하
여 자동차를 움직인다.'

에이, 요건 아들에게 답해 주기는 좀 어려운 것 같
고……

'두 번째, 우리가 밥을 먹어야 막 뛰어놀 수 있듯이
자동차도 엔진이라는 곳에다 기름이라는 밥을 주게 되
면 막 움직인다.'

요건 자상한 아빠의 대답인 거 같은데 뭐가 좀 허전한 것 같고…… 한참을 궁리하고 있는데 답답했는지 아들이 엄마에게 묻는다.

"엄마, 자동차 바퀴는 어떻게 돌아가는 거야?"

아내는 한 마디로 끝내 버렸다.

"빙글빙글."

불은 언제

우연히 세 사람이 10년 동안 교도소에 수감되는 사건이 발생했다. 똑같이 10년이란 기간을 교도소에서 생활해야 하는 그들을 위해 교도소장은 특별히 배려하는 마음으로 각자 좋아하는 것 한 가지씩을 10년 동안 넣어주겠다고 약속했다. 한 사람은 술을, 한 사람은 여자를, 한 사람은 담배를 달라고 했다. 그리고 10년 후 교도관이 출감하는 그들의 감방으로 가보았다.

그랬더니 한 사람은 엄청난 양의 술병 속에서 허우적거렸고, 한 사람은 울며 보채는 아기들 사이에 파묻혀 있는데 마지막 한 사람은 얼굴이 노랗게 되어 구석에 쪼그리고 앉아 담배를 물고 있는 것이었다.

교도관이 그에게 물었다.

"아니, 당신은 왜 그러고 있소?"

그러자 담배를 달라고 한 사람이 하는 말,

"불은 언제 주나요?"

유머테크

컴퓨터 속담

1. 컴퓨터 상가 강아지 3년이면 펜티엄을 조립한다.

2. 재수 없는 마우스는 뒤로 넘어져도 볼이 빠진다.

3. 원수는 채팅룸에서 만난다.

4. 청계천에서 컴퓨터난다.

5. 도스는 죽었다.

6. 내일 컴퓨터의 종말이 온다 해도 오늘 바이러스를 만들겠다.

동문서답

절 좋아하세요? → 저는 성당 좋아해요.

니가 정말 원한다면. → 난 네모 할게.

야 나 오늘 너하고 해보고 싶어. → 정동진에서.

나 묻고 싶은 거 있는데. → 삽 줘.

어떡해, 너 못생겼다고 소문 다 났어.
→ 나는 망치 생겼는데.

너 죽을 준비 해. → 난 밥을 준비할게.

넌 정말 재수 없어. → 한 번에 대학 가야 돼?

나 미칠 것 같아. → 넌 파와 솔을 쳐.

그게 무슨 말이야? → 그 말은 얼룩말이야.

가장 억울하게 죽은 사람

고가도로를 넘어가던 버스가 과속으로 뒤집어져 많은 사람이 죽었다.

가장 억울하게 죽은 사람 4명을 꼽으라면,

첫째 : 결혼식이 내일인 총각.
둘째 : 졸다가 한 정거장 더 오는 바람에 죽은 사람.
셋째 : 버스가 출발하는데도 억지로 달려와 간신히 탔던 사람.
넷째 : 69번 버스를 96번으로 잘못 보고 탄 사람.

사오정의 변신

사오정이 산에서 나무를 하고 있는데 갑자기 저팔계가 부랴부랴 달려오면서 말했다.

"이봐, 난 지금 사냥꾼에게 쫓기고 있으셔, 날 좀 구해주셔."

사오정은 얼른 위기에 처한 저팔계를 숨겨주었고 저팔계는 목숨을 구할 수 있었다.

저팔계는 고마운 마음에 말했다.

"소원 세 가지를 말하셔."

"정말? ……그럼 송승헌처럼 잘생긴 얼굴과 아놀드 슈왈제네거처럼 멋진 근육을 만들어줘. 그리고……."

사오정은 주변을 두리번거리더니 저쪽에서 풀을 뜯어먹고 있는 말을 가리키며 말했다.

"내 물건을 저 말하고 똑같게 해줘."

저팔계는 세 가지 소원을 들어줬고 사오정은 뛸 듯이 기뻐하며 마을로 돌아왔다.

그러자 마을의 처녀들은 사오정의 잘생긴 얼굴을 보고 미쳐 날뛰며 광분하는 것이었다. 이에 자신만만해진 사오정은 얼른 윗옷을 벗어던졌다. 그랬더니 처녀들이 기절할 듯이 더 좋아하는 것이 아닌가.

'때는 이때다!'라고 생각한 사오정은 바지까지 멋지게 벗어던졌다. 그런데 처녀들이 모두 기절해 버린 것이다. 깜짝 놀란 사오정이 자신의 그곳을 보고는 저팔계에게 가서 따져 물었다.

그러자 저팔계가 하는 말,

"네가 가리킨 말은 암말이셔~! ㅋㅋㅋ!"

자네도 봤군

주인 처녀가 목욕하는 모습을 창으로 들여다본 앵무새가 계속,

"나는 봤다, 나는 봤다."

라고 말하는 것이었다. 주인 처녀는 화가 나서 앵무새의 머리를 빡빡 밀어버렸다.

며칠 후 군대에 간 주인 처녀의 남자친구가 휴가를 나와 집에 놀러왔는데 머리가 빡빡머리였다. 이것을 본 앵무새가 지껄였다.

"자네도 봤군, 자네도 봤군."

유머테크

신부님과 핸드폰 사건

　신부님께서는 미사 때마다 핸드폰 소리 때문에 항상 잔소리를 해대셨습니다. 그러던 어느 날 강론을 한창 열심히 하고 계시는데 또 '삐리리~~~!' 하고 핸드폰 소리가 울려 퍼지는 것이었습니다. 그런데 한참을 울려도 아무도 받지 않는 것이 아니겠습니까?

　신자 모두가 웅성거리기 시작했습니다. 신부님도 열이 오르기 시작했습니다. 하지만 그 핸드폰은 바로 신부님 주머니 속에서 울리고 있다는 걸 뒤늦게 깨달으신 것입니다. 신부님의 그 다음 멘트에 신자들은 모두가 뒤집어졌습니다.

　핸드폰 폴더를 열고 신부님 왈,

　"아~ 하느님이세요? 제가 지금 미사 중이거든요. 미사 끝나고 바로 하늘로 전화하겠습니다⋯⋯."

새벽 3시에 들어오는 이유

매일 새벽 3시가 넘어서야 겨우 들어오는 남편을 보다 못한 아내가 바가지를 긁기 시작했다.

아무리 화를 내고 앙탈을 부려 봐도 묵묵부답인 남편 때문에 더 화가 난 아내가 소리쳤다.

"당신 정말 너무 하는 거 아니에요? 왜 3시가 넘어서야 들어오는 거예요?"

그러자 묵묵히 듣고 있던 남편이 귀찮다는 듯 말했다.

"이 시간에 문 여는 데가 이 집밖에 없어서 들어온다, 왜!"

유머 수수께끼

절벽에서 떨어지다가 나무에 걸려 살아난 사람은?
덜 떨어진 사람

만 원짜리와 천 원짜리가 길에 떨어져 있으면, 어느 걸 주울까요? 둘 다

하늘에 달이 없으면 어떻게 될까요? 날 샜다

인삼은 6년근일 때 캐는 것이 좋은데, 산삼은 언제 캐는 것이 제일 좋은가? 보는 즉시

눈이 오면 강아지가 팔딱팔딱 뛰어다니는 이유는?
가만히 있으면 발이 시려우니까

엿장수는 하루에 몇 번 정도 가위질을 할까요?
엿장수 맘대로

머리 둘레에 머리카락이 없는 사람은?
주변머리가 없는 사람

죽었다 깨어나도 못 하는 것은? 죽었다 깨어나는 것

눈코 뜰 새 없을 때는? 머리 감을 때

조물주가 인간을 진흙으로 빚었다는 증거는?
열받으면 굳어진다

양심 있는 사람이나 없는 사람이나 모두 시꺼먼 것은?
그림자

여자는 무드에 약하고 남자는 무엇에 약할까요? 누드

이혼이란? 이제 자유로운 혼자

고인돌이란? 고릴라가 인간을 돌멩이 취급하던 시대

엉성하다란? 엉덩이가 풍성하다

절세미녀란? 절에 세들어 사는 미친 여자

눈치코치란? 눈 때리고 코 때리고

오리지날이란? 오리도 지랄하면 날 수 있다

요조숙녀란? 요강에 조용히 앉아 있는 숙녀

세상에서 가장 뜨거운 바다는? 열바다

세상에서 가장 추운 바다는? 썰렁해!

세상에서 제일 더러운 집은? 똥~집!

세상에서 제일 맛있는 집은? 닭똥집

보내기 싫으면? 가위나 바위를 낸다

땅투기꾼과 인신매매자를 7자로 줄이면?
땅팔자 사람팔자

도둑이 도둑질하러 가는 걸음걸이를 4자로 줄이면?
털레털레

식인종이 밥투정할 때 하는 말은? 에이, 살맛 안 나~

임꺽정이 타고 다니는 차가 무엇일까? 으라차차차!

양초가 가득 차 있는 상자를 3자로 줄이면? 초만원

'씨름 선수들이 죽 늘어서 있다.'를 세 자로 줄이면?
장사진

서로 진짜라고 우기는 신은? 옥신각신

여자가 가장 좋아하는 집은? 시집

남자가 가장 좋아하는 집은? 계집

재밌는 곳은 어딜까? 냉장고에 잼 있다

'개가 사람을 가르친다.'를 4자로 줄이면? 개인지도

'소가 웃는 소리'를 세 글자로 하면? 우하하!

이심전심이란? 이순자가 심심하면 전두환도 심심하다

황당무계란? 노란 당근이 무게가 더 나간다

천고마비이란?

하늘에 고약한 짓을 하면 온 몸이 마비된다

착한 자식이란? 한국에서 살고 있는 성실한 사람

호로 자식이란? 러시아를 좋아하는 사람

미친 자식이란? 미국과 친하려는 사람

중학생과 고등학생이 타는 차는? 중고차

왕이 넘어지면 뭐가 될까? 킹콩

학생들이 가장 좋아하는 동네는? 방학동

스타들이 싸우는 모습을 뭐라고 할까? 스타워즈

라면은 라면인데 달콤한 라면은? 그대와 함께라면

겨울에 많이 쓰는 끈은? 따끈따끈

길가에서 죽은 사람을 무엇이라 하는가? 도사

진짜 문제 투성이인 것은? 시험지

세 사람만 탈 수 있는 차는? 인삼차

폭력배가 많은 나라? 칠레

굶는 사람이 많은 나라는? 헝가리

경찰서가 가장 많이 불타는 나라는? 불란서

노총각들이 가장 좋아하는 감은? 색시감

먹고 살기 위해 하는 내기? 모내기

아무리 예뻐도 미녀라고 못 하는 이 사람은? 미남

사람이 일생 동안 가장 많이 하는 소리는? 숨소리

가장 알찬 사업은? 알(계란) 장사

눈이 녹으면 뭐가 될까? 눈물

가장 더러운 강은? 요강

귀는 귀인데 못 듣는 귀는? 뼈다귀

말은 말인데 타지 못하는 말은? 거짓말

사람이 먹을 수 있는 제비는? 수제비

세상에서 제일 큰 코는? 멕시코

수학을 한 글자로 줄이면? 솩

세상에서 가장 빠른 닭은? 후다닥

세상에서 가장 야한 닭은? 홀딱

가슴의 무게는? 4근(두근두근)

간장은 간장인데 사람이 먹을 수 없는 것은? 애간장

감은 감인데 먹지 못하는 감은? 영감, 옷감, 대감

병아리가 제일 잘 먹는 약은? 삐약

개 중에 가장 아름다운 개는? 무지개

걱정이 많은 사람이 오르는 산은? 태산

공 중에서 사람들이 가장 좋아하는 공은? 성공

다리 중 아무도 보지 못한 다리는? 헛다리

누구나 즐겁게 웃으며 읽는 글은? 싱글벙글

눈은 눈인데 보지 못하는 눈은? 티눈, 쌀눈

다 자랐는데도 계속 자라라고 하는 것은? 자라

닭은 닭인데 먹지 못하는 닭은? 까닭

떡 중에 가장 빨리 먹는 떡은? 헐레벌떡

똥은 똥인데 다른 곳으로 튀는 똥은? 불똥

똥의 성은? 응가

먹고 살기 위하여 누구나 배워야 하는 술은? 기술

목수도 고칠 수 없는 집은? 고집

묵은 묵인데 먹지 못하는 묵은? 침묵

문은 문인데 닫지 못하는 문은? 소문

물고기 중에서 가장 학벌이 좋은 물고기는? 고등어

물은 물인데 사람들이 가장 무서워하는 물은? 괴물

물은 물인데 사람들이 가장 좋아하는 물은? 선물

바가지는 바가지인데 못 쓰는 바가지는? 해골바가지

바닷가에서는 해도 되는 욕은? 해수욕

발이 두 개 달린 소는? 이발소

다 배워도 여전히 배우라는 말을 듣는 사람은? 배우

벌레 중 가장 빠른 벌레는? 바퀴벌레(바퀴가 있어서)

별 중에 가장 슬픈 별은? 이별

사람들이 가장 싫어하는 거리는? 걱정거리

사람이 즐겨 먹는 피는? 커피

진짜 새의 이름은 무엇일까요? 참새

아홉 명의 자식을 세 글자로 줄이면? 아이구

약은 약인데 아껴 먹어야 하는 약은? 절약

낭떠러지 나무에 매달려 있는 사람이 싸는 똥은?
떨어질똥 말똥, 죽을똥 살똥

오줌을 잘 싸는 사람은 오줌싸개, 그러면 빨리 싸는 사람은? 잽싸게

올림픽 경기에서 권투를 잘하는 나라는? 칠레

입방아를 찧어 만든 떡은? 쑥떡쑥떡

장사꾼들이 싫어하는 경기는? 불경기

전쟁 중에 장군이 가장 받고 싶어하는 복은? 항복

창으로 찌르려고 할 때 하는 말은? 창피해!

창피도 모르고 체면도 없는 사람의 나이는? 넉살

책은 책인데 읽을 수 없는 책은? 주책

칼은 칼인데 전혀 들지 않는 칼은? 머리칼

탈 중에 쓰지 못하는 탈은? 배탈

파리 중에 가장 무거운 파리는? 돌팔이

파리 중에 날지 못하는 파리는? 프랑스 파리, 해파리

청소하는 남자를 3자로 줄이면? 청소년

하늘에는 총이 두 개 있고 땅에는 침이 두 개 있다. 무엇인가? 별총총, 어둠침침

해에게 오빠가 있다. 누구인가? 해오라비

해의 성별은 남자인가 여자인가?

여자(오빠가 있으니까)

'코끼리 두 마리가 싸움을 하다가 코가 빠졌다.'를 4자로 하면? 끼리끼리

가장 달콤한 술은? 입술

자동차 10대가 달리는 레일은? 카텐레일

'흥부가 자식을 20명 낳았다.'를 5자로 하면?
흥부 힘 좋다

누룽지를 영어로 하면? Bobby Brown(밥이 브라운)

탤런트 최지우가 기르는 개 이름은? 지우개

오뎅을 다섯 글자로 늘리면?
뎅뎅뎅뎅뎅(5뎅이니까)

특공대란?
특별히 공부도 못하면서 대가리만 큰 아이

호랑이는 영어로 Tiger이다. 그러면 이 빠진 호랑이는? Tigr

레오나르도 디카프리오의 뜻은?
내 오늘 안에 빚갚으리오

남이 먹어야 맛있는 것은? 골탕

내것인데 남이 쓰는 것은? 이름

못 팔고도 돈 번 사람은? 철물점 주인

가만히 있는데 잘 돈다고 하는 것은? 머리

아무리 멀리 가도 가까운 사람은? 친척

재수 없는데 재수 있다고 하는 것은? 대입낙방(再修)

많이 맞을수록 좋은 것은? 시험 문제

가면 좋은 사람은? 가면 장사

사람의 몸무게가 가장 많이 나갈 때는? 철들 때

못 사는 사람들이 갖는 직업은? 목수

'태종태세 문단세……' 를 5자로 줄이면? 왕입니다요

이상한 사람들이 모이는 곳은? 치과

서울 시민 모두가 동시에 외치면 무슨 말이 될까?
천만의 말씀(서울 시민 천만 명)

날마다 가슴에 흑심을 품고 있는 것은? 연필

피할 건 피하고 알릴 건 알리는 것은? P.R

인정도 없고 눈물도 없는 몹쓸 아버지는? 허수아비

풍뎅이 중에 가장 오래 사는 풍뎅이는? 장수풍뎅이

공중 화장실이란? 비행기 안의 화장실

스튜어디스는? 비행소녀

Head는 머리 Line은 선, 그러면 Headline은? 가리마

우리나라에서 도를 통한 스님이 가장 많은 절은?
통도사

페인트를 칠하다 페인트통을 엎질러 페인트를 뒤집
어쓴 사람은? 칠칠 맞은 사람

비로 인정을 받은 사람은? 환경 미화원

모범생이란? 모든 것이 평범한 학생

우등생이란? 우겨서 등수를 올린 학생

남녀평등이란? 남자나 여자나 모두 등이 평평하다.

현역 군인이 가장 좋아하는 대학은? 제대(제주대학)

노발대발이란? 老足大足, 할아버지 발은 크다

두 가지를 합치면 80가지 밥이 되는 것은?
쉰밥과 서른(설은)밥

슈퍼맨과 하늘을 같이 날고 있는 말은 무슨 말일까?
슈퍼마리오

억수 같은 폭우가 쏟아지는 곳은? 비무장지대

모든 소들이 밭에서 일하고 있는데 옆에서 놀고 있는 소는? 깜찍이 소다

언제나 말다툼이 있는 곳은? 경마장

프랑스에 단 두 대밖에 없는 사형 기구는? 단두대

김과 김밥이 길을 걷는데 비가 오고 있었다. 김밥은 비에 풀어질까 봐 열심히 뛰어왔지만 김은 느긋하게 걸어오고 있었다. 왜 그럴까? 양반 김이라서

눈사람의 반대말은? 일어선 사람

송아지 엄마=A, 머리 짧은 스님=B, 남C 북C=C국, 나 D=우리, ABCD는? 소중한 너

가위바위( ), 가갸거겨( ), 123456789( ), 가나( )의 답은? 보고싶다

천냥 빚을 말로 갚은 사람은? 말장수

죽마고우란? 죽치고 마주앉아 고스톱치는 친구

소금장수가 좋아하는 사람은? 싱거운 사람

거지가 가장 좋아하는 욕은? 빌어먹을

계절에 관계없이 사시사철 피는 꽃은? 웃음꽃

남이 울 때 웃는 사람은? 장의사

도둑이 가장 좋아하는 아이스크림은? 보석바

도둑이 가장 싫어하는 아이스크림은? 누가바

이자없이 꾸는 것은? 꿈

개미의 집 주소는? 허리도 가늘군 만지면 부러지리

타이타닉의 구명보트에는 몇 명이 탈 수 있을까?
9명(구명보트)

금은 금인데 도둑 고양이에게 가장 어울리는 금은?
야금야금

고기 먹을 때마다 따라오는 개는? 이쑤시개

붉은 길에 동전 하나가 떨어져 있다. 그 동전의 이름은?
홍길동전

제4장

너무 웃어서
눈물이 났어

내가 웃기는 얘기해 줄게

워디 소속이여

노래방에서 노래 목록을 뒤에서부터 찾으면 오빠!
앞에서부터 찾으면 아저씨.
찾아달라 하면 할배~!

덥다고 윗단추 풀면 오빠!
바지 걷으면 아저씨.
내복 벗으면 할배~!

목욕탕 거울을 보며 가슴에 힘주면 오빠!
배에 힘주면 아저씨.
콧털 뽑으면 할배~!

블루스 출 때 허리 감으면 오빠~!
왼손 올리면 아저씨.
발 밟으면 할배~!

유머테크

아직도 본인이 어디에 속하는지 모르겠다고라???
그럼 조금 더 알려드릴께용~~~.

탱크탑을 입고 가는 여자를 앞에서 보면 오빠!
힐끔 돌아보면 아저씨.
끌끌 혀를 차면 할배~!

술 먹고 나서 돈 걷으면 오빠!
서로 낸다고 하면 아저씨.
이쑤시개만 쑤시면 할배~!

식당에서 종업원을 '아가씨~!' 라고 부르면 오빠!
'언니~!' 라고 부르면 아저씨.
'임자~!' 라고 부르면 할배~~! ㅋㅋㅋ!

식당에서 물수건으로 손 닦으면 오빠!
얼굴 닦으면 아저씨.
코 풀면 할배~~!

머리 '도' 자르러 가면 오빠!
머리 '만' 자르러 가면 아저씨.
염색을 하러 가면 할배~!

배낭여행 가면 오빠!
묻지마관광 가면 아저씨.
효도관광 가면 할배~!

오빠라는 소리에 덤덤하면 오빠!
반색하면 아저씨.
떽!! 하고 소리 지르면 할배~~!

근사한 식당 많이 알면 오빠!
맛있는 식당 많이 알면 아저씨.
과부 주인 많이 알면 할배…. 히히!

벨트라고 부르면 오빠!
혁대라고 부르면 아저씨.
허리띠(헐끈도 유사함)라 부르면 할배~~!

유머테크

과연 어디에 속해 있을까?

그래도 아직까지는 오빠로 남고 싶겠지……?!

개미와 베짱이 이야기 각색본

원조 version

개미는 여름에 땀 흘려가며 일을 했고 베짱이는 시원한 나무 그늘에서 노래하면서 놀았다.

겨울이 오자 개미는 그동안 일해서 거둬들인 곡식으로 따뜻한 굴에서 잘 먹고 잘살았다.

그러나 베짱이는 먹을 것이 없어서 개미네 집에 가서 얻어먹어야 했다.

공산주의 version

개미 동무들은 여름에 피땀 흘려 일을 하는 프롤레타리아들이었고 베짱이는 개미 동무들이 가을에 거둬들인 곡식을 착취한 악질 반동 부르주아다.

겨울이 되어 먹을 것을 모두 착취당한 개미 동지들이 궐기하여 악질 부르주아 베짱이를 처단하고 노동자의 천국을 건설했다.

유머테크

자본주의 version

개미는 전근대적인 1차 산업에 종사하는 노동자다. 그러나 베짱이는 3차 서비스업에 종사하여 많은 부가가치를 생산하고 있다. 이에 따라 대부분 재화는 베짱이에게 몰려 부익부 빈익빈의 악순환을 하게 된다.

일일연속극 version

개미와 베짱이는 서로 사랑한다. 그러나 베짱이 엄마는 딸을 돈 많은 메뚜기와 혼인시키려 한다. 베짱이 아빠도 개미와 베짱이가 혼인하는 것을 막고 있는데 그것은 개미가 제 아들이라는 것을 알고 있기 때문이다.

그리고 이 둘 사이를 파고든 이가 있었으니 땅강아지였다. 땅강아지는 개미한테 반해서 목숨을 걸고 개미를 사랑하기 때문에 개미도 조금 흔들린다.

어쩔 수 없이 돈 때문에 메뚜기와 베짱이가 혼인하자 개미는 복수를 하고자…….

사극 version

개미왕국, 조정은 온통 당파 싸움과 후궁들의 질투, 시샘으로 어지럽다. 힘이 없는 임금은 이리저리 휘둘리며 백성들은 도탄에 빠져 있다.

이때 이름이 알려지지 않은 베짱이 무관이 있었는데 그를 따르는 이들이 혼란한 조정을 뒤엎자고 꼬드긴다. 거듭 사양하던 그는 '도탄에 빠진 백성들을 구한다.'는 명분으로 반란을 일으킨다. 반란은 성공하여 수많은 개미들이 죽었고 베짱이들이 정권을 잡게 된다.

임금이 된 베짱이는……

Hollywood version

개미는 빈민가에 사는 검둥이다. 그러던 어느 날 마약거래 현장에서 살인 사건을 본 뒤로 마피아들에게 쫓긴다. 그러다가 우연히 마약전담반 베짱이 형사와 만나게 되고 둘이 함께 마피아 소굴로 숨어든다. 그러나 마피아들은 단순히 마약만 사고파는 것이 아니었다. 그들은 어느새 부통령이 타고 있는 비행기를 납치해서 정부를 협박하고 있었다.

쥐도 새도 모르게 마피아 소굴을 쑥밭으로 만든 개미와 베짱이는 F-117 전투기를 타고 부통령의 비행기까지 가서 맨몸으로 옮겨 탄다.

빈민가에서 고물상을 하던 개미는 납치범들이 달아놓은 멤피스멀틱 폭탄을 뜯어내고 베짱이는 월남전에서 특공대로 활약했던 부통령과 힘을 합해 납치범들을 모두 죽이고 비행기를 되찾는다.

news version

배추와 무값이 폭락하고 있습니다. 개미들은 그동안 피땀 흘려 가꾼 채소들을 갈아엎고 있습니다. 그러나 소매상에서는 배추 한 포기에 만 원씩 나오는데도 없어서 못 팔 지경입니다. 잘못된 유통 구조 때문에 개미들과 소비자들이 큰 피해를 입고 있습니다.

인기가수 베짱이 양이 비디오 파문으로 임시 귀국했습니다. 베 양은 두 달 전 매니저인 여치 씨와 모 호텔에서 정사 장면이 녹화된 테이프가 나돌면서 큰 곤욕을 치르고 있습니다.

대한민국 version

대부분 개미들은 월급자 또는 서민들이지만 그들이 나라에 내야 하는 각종 세금과 국민연금, 국민건강보험 따위들은 그나마 가는 개미허리를 휘어지게 하고 있으나 일부 특권층, 고소득층, 지도층 베짱이들은 갖은 방법으로 탈세를 일삼고 있으며 국민연금 또한 소득신고를 아주 적게 하고 있다.

또한 베짱이들은 병역의무에 있어서도 갖은 수단과 방법을 써서 빠지거나 가볍게 받고 있지만 많은 개미들은 갖은 불이익과 푸대접 그리고 육체적, 정신적 손해를 받아가며 병역의무를 마쳐야 한다. 병정개미들이 그렇게 바친 피와 땀으로 지킨 것은 자랑스런 조국이 아니라 부정부패로 배를 불리는 '일부' 특권층 베짱이들과 그들로부터 부당해고 당한 근로자 개미, 농수산물 시장 개방으로 주저앉은 농부 개미, 간척 사업으로 고기를 잡지 못하는 어부 개미… 들이었다.

IMF 겨울이 와도 특권층 베짱이들은 여전히 흥청망청 질탕하게 살고 있지만 근로자, 월급쟁이, 농어민 개미들은 더욱 어려움에 빠져 헤어나지 못했다.

니 와 안 짖노?

앞집 수탉은 아침에 꼬꼬댁하고 홰를 치고, 뒷집 진 돗개는 외부 사람이 접근하면 짖어대는 게 일과였다. 그런데 언제부터인가 닭과 개는 조용하기만 했다.

하루는 개가 닭에게 물었다.

"넌 왜 새벽에 홰를 치지 않니?"

닭 가라사대……,

"우리 집 아저씨가 백수되었는디 새벽 잠을 깨워서 쓰겠냐? 근디 넌 왜 요즈음 짖지 않고 조용한겨? 요즘 그 흔한 성대수술이라도 했냐?"

라고 하자 개가 대답했다.

"앞을 봐도 뒤를 봐도 세상 천지를 봐도 모두가 도둑 놈들 판인데, 짖어봐야 뭐하노. 내 입만 아프지."

어떤 무식한 부인

돈은 많지만 무식한 부인이 전문 가이드와 함께 미술품을 관람하고 있었다.

어떤 그림 앞에서 부인이 말했다.

"아, 이 그림은 그 유명한 로댕의 작품이군요."

"이건 고흐의 그림인데요. 로댕은 조각가죠."

가이드의 말을 듣고 부인은 얼굴을 붉혔다.

그런 후에도 매번 아는 척하다 계속 무안만 당했다.

드디어 부인은 이상한 그림 앞에 섰고, 이제까지의 무안을 떨쳐버릴 수 있는 기회라고 생각하며 또다시 아는 척을 했다.

"이 이상한 그림은 그 유명한 피카소의 그림 맞죠?"

"저, 그건······."

가이드는 당황해 하며 낮은 목소리로 말했다.

"저··· 부인, 그건 거울인데요."

그것이 알고 싶다

술에 취한 한 남자가 아까부터 손에 뭔가를 들고 꼼꼼히 살피다가 손가락으로 비비적거리며 중얼거렸어.

"이거, 생긴 건 콩알 같은데 촉감은 꼭 고무 같네그려……."

그때 마침 그의 옆에서 술을 마시고 있던 과장님 '그것'이 알고 싶은 호기심에 말했지.

"대체 뭔데 그러나? 내게도 좀 보여 주겠나? 그럼 내가 한 번 알아보겠네."

과장님은 그의 손에서 건네받은 것을 손가락 사이에 굴려보기도, 비벼보기도 하며 자세히 관찰했어.

"정말로 콩알만한데 고무 같은 감촉이네! 그런데 뭔지는 진짜 모르겠는데 대체 어디서 난 거지?"

술에 취한 그는 한참을 뜸을 들이다 하는 말,

"제 콧구멍 속에서요……."

웃기는 사자성어 모음

1. 고진감래 : 고생을 진탕하고 나면 감기몸살 온다
2. 새옹지마 : 새처럼 옹졸하게 지랄하지 마라
3. 발본색원 : 발기는 본래 섹스의 근원이다
4. 이심전심 : 이순자 마음이 전두환 마음
5. 침소봉대 : 잠자리에서는 봉(?)이 대접을 받는다
6. 사형선고 : 사정과 형편에 따라 선택하고 고른다
7. 전라남도 : 홀딱 벗은 남자의 그림
8. 좌불안석 : 좌우지간에 불고기는 안심을 석쇠에 구워야 제맛
9. 요조숙녀 : 요강에 조용히 앉아서 잠이 든 여자
10. 죽마고우 : 죽치고 마주앉아 고스톱치는 친구
11. 삼고초려 : 쓰리고를 할 때는 초단을 조심하라
12. 희노애락 : 희희낙락 노닐다가 애가 떨어질까 무섭다
13. 개인지도 : 개가 사람을 가르친다.

14. 포복절도 : 도둑질을 잘하려면 포복을 잘해야 한다

15. 구사일생 : 구차하게 사는 한평생

16. 조족지혈 : 조기축구회 나가 족구하구 지랄하다 피본다

17. 편집위원 : 편식과 집착은 위암의 원인된다

18. 임전무퇴 : 임금님 앞에서는 침을 뱉어선 안 된다

19. 변화무쌍 : 변절한 화냥년은 무조건 쌍년이다

20. 군계일학 : 군대에서는 계급이 일단 학력보다 우선이다

등 좀 잘 밀어!

시골에서 혼자 사는 달봉이!

애완용으로 원숭이 한 마리를 샀는데 뭐든지 시키는 일을 척척 잘도 했더라.

여름날 저녁, 후텁지근한 날씨에 시달리다 시원한 냇가로 나가 옷을 벗어던지고 데리고 온 원숭이에게 등을 밀어달라고 했는데 원숭이는 엎드린 달봉이를 바로 눕히더니 앞가슴을 밀어대는 것이 아닌가!

"야! 등 좀 잘 밀어 달라니까?"

그러나 원숭이는 또 달봉이를 바로 눕히고 앞가슴을 박박 밀어댔다.

"야! 시풀노무시키야! 등을 밀란 말이야, 등을!!"

화가 난 달봉이가 원숭이의 머리를 사정없이 쥐어박고 냇물 속으로 풍덩 들어가 버렸다.

머리통을 어루만지며 눈물을 찔끔거리던 원숭이!

물 속 달봉이를 째려보며 하는 말……

"우쒸‼ 꼬리 달린 쪽이 등이 맞는디…… 꼬리도 쪼만한 게……"

황당한 소설 제목

어느 대학교 문학과 교수가 학생들에게 소설을 써오도록 과제를 냈다. 단 '귀족적인 요소'와 '성적인 요소'를 첨가하도록 했다. 며칠 후 교수는 한 학생의 소설 제목을 보고 기절했다.

　＜공주님이 임신했다＞

하도 기가 막혀 다시 SF적인 요소를 첨가하도록 숙제를 내주었는데 며칠 후 그 학생의 소설 제목은,

　＜별나라 공주님이 임신했다＞

이에 열받은 교수는 다시 미스터리 요소를 첨가하도록 했는데 그 학생은 또 이렇게 적어냈다.

<별나라 공주님이 임신했다. 누구의 아이일까?>

이제 더이상 참을 수 없다고 생각한 교수는 비장한 각오로 마지막 수단을 썼다. 그건 다름 아닌 종교적 요소까지 첨가시켜 오라는 것이었다.

교수는 승리의 미소를 지었으나 며칠 후 그 학생의 과제를 받고 쓰러져버렸다.

<별나라 공주님이 임신했다. Oh My God! 누구의 아이일까?>

빌 게이츠 이야기2

빌 게이츠가 노환으로 임종을 맞게 됐다. 천사가 나타나 천당과 지옥의 모습을 보여주며 마음에 드는 곳을 고르라고 말했다.

그런데 모니터에 등장한 천당의 모습은 별로 특별한 것이 없는 반면 지옥은 너무나 아름답고 평화로워 보였다. 온갖 기화요초가 피어 있는 길가에는 반라의 미녀들이 하프를 연주하고 있다. 게다가 강물에는 꿀이 흐르고 나무에는 돈다발이 주렁주렁 달려 있었다. 빌 게이츠는 주저없이 지옥을 선택하겠노라고 말했다.

그러나 정작 지옥에 도착해 보니 모니터에서 본 모습은 어디에서도 찾을 수 없었다. 사방이 불구덩이요, 폭염과 한파가 하루에도 열두 번씩 교차하는 가운데 사람들은 죄다 중노동에 시달리고 있는 것이다.

실망한 빌 게이츠가 염라대왕에게 따졌다.

"어떻게 모니터의 모습과 실제 모습이 이리도 다를 수가 있습니까?"

그러자 염라대왕이 음산하게 웃으며 대답했다.

"그것은 데모버전이었느니라."

과학적인 발견

독일 과학자들은 땅 속으로 50m를 파고 들어가 작은 구리조각을 발견했다. 이 구리조각을 오랜 시간 동안 연구한 끝에 독일은 고대 독일인들이 2만 5천년 전에 전국적인 전화망을 가지고 있었다고 발표했다.

당연히 영국정부가 발끈했다. 영국정부에서는 과학자들에게 그보다 더 깊이 파볼 것을 종용했다. 100m 깊이에서 영국 과학자들은 조그만 유리조각을 발견했고, 곧 고대 영국인들은 3만 5천년 전에 이미 전국적인 광통신망을 가지고 있었다고 발표했다.

아일랜드의 과학자들은 격노했다. 그들은 200m 깊이까지 땅을 파고들어 갔으나 아무것도 발견하지 못했다. 그들은 고대 아일랜드인들이 5만 5천년 전에 휴대전화를 가지고 있었다는 결론을 내렸다.

안개낀 날의 항해일지

    안개가 심하게 낀 밤에 조심스럽게 항해하던 선장이 앞쪽에서 이상한 불빛이 비쳐지는 것을 감지했다.

    선장은 충돌을 예상하고 신호를 보냈다.

    "방향을 20도 바꾸시오 !"

    그러자 그쪽에서 신호가 왔다.

    "당신들이 바꾸시오!"

    기분이 상한 선장은

    "난 이 배의 선장이다!"

라고 신호를 하였다. 잠시 후 그쪽에서도 당당하게 신호가 오는 것이었다.

    "난 이등 항해사다!"

    이에 화가 난 선장은 강경한 태도를 보였다.

    "이 배는 전투함이다. 당장 항로를 바꿔라!"

    그러자 그쪽에서 바로 신호가 왔다.

    "여긴 등 -대 -다!"

천국에서

어떤 장로가 세상을 떠나 천국에 갔습니다.

천국문에 이르자 예수님께서 모두를 반갑게 맞으시며 환영해 주시고, 오느라 수고했다면서 각자에게 한 상씩 차려주셨습니다.

장로가 보니 자기 교회의 집사도 먼저 와서 상을 받아 음식을 먹고 있는데, 자세히 보니 탕수육을 맛있게 먹고 있었습니다.

장로는 자기 차례를 기다리면서, 집사가 탕수육이니 장로인 자기는 탕수육에다 팔보채, 해물잡탕밥까지 먹을 수 있겠다고 생각했습니다.

드디어 장로의 차례가 되었습니다. 그런데 천사가 가져온 상을 보니 자장면 한 그릇뿐이었습니다. 장로는 자장면을 비비다가 화가 났습니다. 그래서 예수님께 가서 항의 겸 질문을 했습니다.

"같은 교회의 집사가 탕수육인데, 장로인 나는 왜 자

장면입니까?"

그랬더니 예수님께서 장로의 귀에다 속삭이며 말씀하셨습니다.

"이보게, 자네 교회의 목사도 여기 온 거 아나?"

"아참, 우리 목사님은 어디 계십니까?"

"자네 교회 목사는 지금 자장면 배달 나갔으니, 잠자코 먹기나 하게."

김치와 김치만두

옛날에 김치와 김치만두가 길을 가다가 둘이 딱 마주쳤어. 김치는 그냥 지나갔지. 그런데 김치만두가 갑자기 김치의 팔을 확 잡고 하는 말……,

"이 안에 너 있다!"

첫날밤

장가를 간 친구에게 난 자랑스럽게도 신혼 첫날밤 어땠는지 물어봤다. 그런데 난데없이 그 친구 표정이 시무룩해지는 것은 어찌된 건지! 왜 그러냐는 나의 물음에 친구가 하는 말,

"아내랑 그 일을 치르고 나서 그만 평소 버릇대로 10만 원을 주었지 뭔가. 큰 실수를 했어……."

"그러길래 조심했어야지. 아내를 잘 설득하면 이해할 거야."

내 대답에 그 친구가 하는 말.

"그런데 진짜 문제는 아내가 거스름돈을 남겨 주지 않겠나?"

백수의 등급

1. 초보백수

남아도는 시간을 주체하지 못해 안절부절한다. 만화
가게나 비디오 대여점 주인과 이제 말을 트기 시작한
다. 직업을 물으면 어쩔 줄 몰라한다. 주머니가 가벼우
면 외출이 불가능하다. 남들 노는 일요일이 되면 허무
하게 느껴진다.

2. 어중간한 백수

넘쳐나는 시간이 그리 부담스럽지 않다. 비디오 대여
점이나 만화 가게 주인 대신 가게를 봐주기도 한다. 주
머니가 가벼워도 일단 나가고 본다. 머리를 감지 않고
일 주일 정도 버틸 수 있다.

3. 프로 백수

무궁무진한 시간을 자유자재로 활용하는 시테크 전문가. 자신만의 취침 및 기상 시간을 고수한다. 몇 달 며칠을 같이 놀아도 도대체 그가 무슨 일을 하는지 아는 이가 없다. 빈 주머니일수록 당당히 행동한다.

지명 시리즈

와글와글 분주하게 시끄러운 도시는? 부산
생선 매운탕을 좋아하는 도시는? 대구
노래를 부르려는 사람이 먼저 찾아가는 도시는? 전주
식욕 없는 사람이 찾아가고 싶은 도시는? 구미
술 좋아하는 사람이 좋아하는 도시는? 청주
보석을 밝히는 사람들이 좋아하는 도시는? 진주
싸움이 끊일 새 없는 도시는? 대전
뜀박질에 인생을 걸고 사는 도시는? 경주
철부자로 알려진 도시는? 포항

유머테크

들어도 기분 나쁜 칭찬 시리즈

당신은 살아있는 부처님입니다.
→ 선행을 베푸시는 목사님에게.

할머니, 꼭 백 살까지 사셔야 해요.
→ 올해 연세가 99세인 할머니에게.

참석해 주셔서 자리가 빛이 났습니다.
→ 대머리 아저씨에게.

참 정직한 분 같으세요.
→ 직구밖에 던지지 못해서 좌절하고 있는 투수에게.

당신이 생각날 거예요. 다시 꼭 한 번 들러주세요.
→ 간수가 석방되어 나가는 죄수에게.